D1721687

MALAS TIERRAS

JORDI SIERRA I FABRA

Primera edición: mayo de 2005
Sexta edición: septiembre de 2013

Dirección editorial: Elsa Aguiar

© Jordi Sierra i Fabra, 1994
  www.sierraifabra.com
© Ediciones SM, 1994
© de la presente edición: Ediciones SM, 2005
  Impresores, 2
  Urbanización Prado del Espino
  28660 Boadilla del Monte (Madrid)
  www.grupo-sm.com

ATENCIÓN AL CLIENTE
Tel.: 902 121 323
Fax: 902 241 222
e-mail: clientes@grupo-sm.com

ISBN: 978-84-675-0487-3
Depósito legal: M-7416-2010
Impreso en la UE / *Printed in EU*

Cualquier forma de reproducción, distribución,
comunicación pública o transformación de esta obra
solo puede ser realizada con la autorización de sus titulares,
salvo excepción prevista por la ley. Diríjase a CEDRO
(Centro Español de Derechos Reprográficos, www.cedro.org)
si necesita fotocopiar o escanear algún fragmento de esta obra.

Escúchame, nena.
Hablo de un sueño.
Tratas de hacerlo real.
Te despiertas por la noche
con auténtico miedo.
Te pasas la vida esperando
un momento que no llega.
No pierdas el tiempo esperando
Malas Tierras.
Has de vivirlo cada día,
mientras el corazón roto
es el precio que has de pagar.
Siempre empujando hasta que lo entiendan
y estas Malas Tierras empiecen a tratarnos bien.

Badlands (Malas Tierras)
BRUCE SPRINGSTEEN

Prólogo

El televisor, encendido pero ignorado, funcionando sin ser oído, lanzaba un torrente de imágenes y sonidos sobre la mesa y compartía desde lejos la compañía del pan y del agua, de la ensalada y la sopa, de la carne para él y el pescado para ella, amén del plato vacío que esperaba al otro lado la presencia de un comensal. Las noticias, disparadas con el vértigo de la inmediatez, pasaban de la actualidad al olvido en escasos segundos, recitadas primero por el presentador o la presentadora, dos rostros impasibles, y plasmadas después en imágenes veloces y siempre lejanas. Un terremoto, un accidente de aviación, un bombardeo con misiles, un enésimo incumplimiento del alto el fuego en la guerra de...

La muerte en directo.

—Y ahora unos instantes de publicidad antes de pasar a nuestro siguiente bloque informativo.

Desaparecieron de la pantalla los rostros de la guerra, el hambre, la desesperación o el miedo y ocuparon su lugar las sonrisas sanas de los hombres del futuro, los cuerpos esbeltos de las mujeres reto, las fuerzas naturales de los chicos y chicas del día.

El televisor se convirtió en una caja mágica: bastaba alargar la mano para poder tocar y atrapar casi todo.

—Llega tarde –dijo el hombre.

—Está muy liada, Ramón. Si no para. Si comiera fuera, como Berta. Pero al menos viene a casa, no te quejes.

—Si no me quejo, Elisa –protestó él sin convicción.

La mujer le sirvió agua en cuanto él apuró su último sorbo. El televisor hablaba de un paraíso reservado para unos pocos elegidos. Bastaba abrir la puerta de un coche maravilloso y entrar en él. Desde el interior del vehículo, el mundo era distinto. Los ojos del hombre se encontraron con aquella visión de ensueño: palmeras, aguas verdes, playas blancas. Cuando compró su primer Seiscientos, sólo encontró dentro la responsabilidad de pagar un montón de letras.

El último mensaje atrapó la atención de ambos y, en el silencio del comedor, los dos vieron y escucharon la continuación del informativo. El rostro del presentador, nuevamente impasible, contrastó con la gravedad de su voz al anunciar:

—Una niña, María de los Ángeles Serrano Ruiz, morirá en las próximas veinticuatro horas si no se consigue antes un corazón que le salve la vida. La noticia, desgraciadamente habitual por la falta de donantes de órganos, nos llega con todo su dramatismo desde la quinta planta del hospital Gregorio Marañón de Madrid, donde los padres de la joven, de dieciséis años de edad, acaban de hacer este llamamiento.

El presentador desapareció de la pantalla, para ceder el puesto a una pareja de mediana edad. Los ojos de él, perdidos en el vacío, reflejaban pesimismo, abatimiento y desesperación. Los de ella, que miraban directamente a la cámara y apenas lograban controlar las lágrimas, la esperanza inquebrantable de su fuerza maternal.

En el comedor, el hombre dejó de masticar. La mujer abortó su gesto de levantarse.

—Sólo les pido la... la vida de mi hija –comenzó la madre de la enferma–. No la conocen, pero sí conocen a sus hijos, o a otros hijos, y no hace falta que les diga que ella es toda nuestra vida. Por favor..., ese corazón que quizá vayan a enterrar mañana podría salvar hoy la vida de nuestra hija. No dejen que se pudra en una tumba. Permitan que siga latiendo en un cuerpo lleno de vida. Por favor...

No pudo seguir hablando. La cámara no se cebó en su desfallecimiento: la patética imagen fue sustituida por una locutora que, micrófono en mano, se disponía a hablar desde la puerta del hospital.

—¡Jesús! –exclamó la mujer hundiéndose en su silla de comedor.

El marido no hizo ningún comentario.

—Mañana a esta hora –anunció la locutora–, María puede estar muerta, o viva si en las próximas horas se encuentra un donante. Es la cara y la cruz de una situación por desgracia habitual. Aquí, en el Gregorio Marañón, todo está a punto por si en algún lugar de España, o incluso del extranjero, alguien dona un corazón como el que necesita María, cuya enfermedad hace muy difícil...

Mientras la fotografía de la enferma, sonriente pese a su aspecto demacrado, ocupaba la pantalla, la locutora habló de las características de su dolencia, de la petición cursada a los distintos centros hospitalarios del país, y de la forma en que se llevaría el corazón a Madrid si se encontraba un donante idóneo. Un aluvión de informaciones médicas y de términos técnicos difuminó el primer impacto de la noticia.

—¡Qué triste! –comentó la mujer sacudiendo la cabeza.

—¡Pobres padres...! –suspiró el marido.

—No sé cómo no hay más donaciones.

—Vamos, Elisa, ya sabes cómo funciona la gente.

Un médico hablaba de la problemática de los trasplantes, del descenso de donaciones debido, principalmente, a la menor mortalidad por accidentes de tráfico desde la entrada en vigor de las nuevas normas de circulación.

La paradoja.

—Es increíble –dijo el hombre.

En ese momento se escuchó el ruido de una puerta que se abría. La mujer se levantó y fue en busca de la comida guardada en la cocina, y el hombre se olvidó de la televisión y de sus noticias. Y volvieron ambos a su realidad cotidiana.

—Ya era hora –gruñó él.

—¡Cómo eres, Ramón! –protestó ella.

Unos pasos llenos de energía se aproximaron al comedor.

—¡Hola, familia, ya estoy aquí! –anunció una voz juvenil.

El presentador del informativo hablaba de la crisis mundial y de los esfuerzos de los siete países más desarrollados para afrontar sus consecuencias mediante una estrategia común y un esfuerzo global.

En alguna parte, alguien debía de escucharle.

PRIMERA PARTE

El concierto

1

Se precipitó sobre el teléfono en cuanto oyó la primera señal, y cogió el auricular con la mano izquierda casi en el instante en que iba a sonar el segundo zumbido. Presintió que la llamada era para ella y se dejó caer en la butaca para hablar cómodamente y sin problemas el tiempo que fuera necesario. En tono cantarín anunció:

—Mujer feliz al aparato. ¿Con quién hablo?

—Vaya, ya veo que estás como siempre –exclamó al otro lado del hilo telefónico otra voz femenina.

Primero vaciló, pese a haberla reconocido. Después pronunció su nombre.

—¡Paula!

—¡Hola, trasto! ¿Qué haces?

Era una alegría, casi un buen augurio. Un año ya sin apenas contacto después de haber estado tan unidas en BUP y en COU, hasta la dichosa selectividad. Ella vivía fuera de Barcelona, y como habían elegido carreras distintas... A veces Cati la echaba de menos.

—Pero ¡qué sorpresa! ¿Qué es de tu vida?

—Ya ves, estudiando, lo mismo que tú, supongo.

—Supones bien –dijo Cati suspirando–. Esto ya no es como antes. ¿Dónde te metes, tía?

—Eso tú. También tú podías haber llamado, ¿no?

Era imperdonable, pero por parte de las dos. Claro que lo mismo le había sucedido al terminar EGB. Los amigos y las amigas pasaban, desaparecían, cada cual tiraba por su lado al empezar otra cosa y encontrarse con nuevos amigos.

—Venga. Tenemos que vernos, ¿vale? En cuanto pasen los exámenes quedamos.

—De acuerdo –aceptó Paula–. Así te presentaré a mi novio.

—¿No me digas que...?

—Te digo, te digo.

—¡Qué barbaridad! ¿Qué os da a todas últimamente? Mi hermana pequeña también se ha liado este año, y acaba de cumplir los diecisiete.

—Es que tú siempre fuiste muy independiente, Cati, pero las débiles como yo...

—¡Anda, no te enrolles! –la cortó Cati riendo–. Desde luego... Pero cuenta, cuenta. ¿Cómo ha sido? ¿Cómo es?

—Ah, no, por teléfono no, que te vas a creer que es Tom Cruise. ¿Cuándo terminas los exámenes? Supongo que a finales de junio o a primeros de julio, como yo.

—Tres semanas, sí –se estremeció Cati hundiéndose aún más en la butaca–. Estoy aterrada.

—¿Tú? ¡No me hagas reír, señorita notables! ¡Seguro que apruebas todo a la primera!

—De momento ya tengo un cate seguro.

—¡No! Aún va a resultar que eres humana.

—No lo sé, querida. Pero tú eres tan animal que cuando acabe veterinaria te atenderé gratis el resto de tus días.

Rieron abiertamente y tardaron unos segundos en recobrar la serenidad. Fue Paula la que reemprendió la conversación.

—¿Qué estabas haciendo, estudiar?

—No –respondió Cati–. Esta noche voy al concierto de Springsteen. Mañana y pasado sí que no me moveré de los libros.

—¿Con quién vas? –se interesó su amiga.

—Con amigos. Toni, Cristo y Lali.

—¿Alguno...?

—¡Por mi parte no! Pero son los únicos a los que les va el rollo y que están tan locos como yo por la música. Bueno... –cambió de tono al decir–: Ellos sí tienen interés por mí, según parece.

—¿Qué tal son?

—Toni tiene veinte años. Se va el lunes a la mili, el pobre. Está hecho papilla. Su padre es militar, y él pacifista. ¿Cómo lo ves? Cristo tiene uno más que yo, diecinueve, y toca la guitarra. Quiere ser músico. Son muy majetes, en serio. Por eso estamos locos por ver al *Boss*.

—No sé cómo puede gustarte Springsteen.

—Me gusta la música, no precisamente él.

—Ya, pero es tan mayor...

—¡Qué poco entiendes, tía! ¿Por qué te han gustado siempre los chicos cromo? ¡Apuesto a que tu chico sí es un Tom Cruise!

—Está bien, te lo contaré –manifestó Paula con un deje de ansiedad en la voz–. Así estarás preparada para cuando te lo presente. ¿Tom Cruise dices? ¡Ése es un cateto en comparación con mi Quique! Mira, para que te hagas una idea...

Cati se arrellanó aún más en la butaca. Intuía que aquélla iba a ser una conversación larga, muy larga o, por mejor decir, un extenso monólogo. Y no le importaba: todavía faltaba mucho para la hora del concierto.

2

Toni se miró en el pequeño espejo de su habitación, y de pronto recordó la sensación que tuvo la primera vez que fue al zoológico, cuando contaba cuatro o cinco años de edad.

—Los leones y los tigres, los elefantes y los hipopótamos, ¿no pueden salir nunca de sus jaulas?

—¿Para qué quieren salir, hijo? Ahí están bien, tienen comida gratis y son felices.

Pero él miró a los animales y, sin saber por qué, los encontró tristes, muy tristes, con la mirada perdida, la vitalidad mermada y la fuerza olvidada. Tan tristes como su futuro.

El destino de los que no esperan nada.

El espejo le devolvió su imagen abatida, tan abatida como la de los leones y tigres, elefantes e hipopótamos del zoo. Tampoco él esperaba nada, salvo, quizá, aprovechar aquella noche. La última noche.

Vaciló un momento. Las paredes de la habitación se le caían encima, le ahogaban, pero salir fuera representaba tener que enfrentarse a ellos, cosa que no le apetecía lo más mínimo. La distancia de su padre, el perpetuo ir y venir de su madre. Nada mejor que marchar cuanto antes al concierto, aunque hubiera que pasar en la calle el tiempo que faltaba hasta la llegada de los otros.

El fin de semana de la calma.

Acabó tumbándose en la cama, boca arriba y con las manos unidas por detrás de la nuca. Ni siquiera intentó coger el cómic. Difícilmente se hubiera concentrado. Clavó los ojos en el techo y se sumió en sus tempestuosos pensamientos, en la tormenta interior que le agitaba mientras su exterior era como un mar en calma, un lago acotado por los sentimientos de su impotencia.

La puerta se abrió menos de un minuto después.

Le había pedido muchas veces, demasiadas ya, que llamara antes, pero su madre se olvidaba siempre, o le decía que ya tenía todo muy visto y que a aquellas alturas... En esta ocasión fue probablemente porque llevaba un montón de ropa en los brazos. Antes de que él pudiera hablar lo hizo ella, lanzándole una reatahíla de frases que no esperaban respuesta.

—¿Qué haces? Podrías echar una mano, ¿no? El que se va eres tú. ¡Oh, Toni, los pies! ¿Cuántas veces te he dicho que no pongas los pies encima de la colcha? Al menos quítate los zapatos. ¿Qué hora es? ¡Dios mío, no me va a dar tiempo a tenerlo todo listo hoy! Mira, ya tienes limpios los jerséis. Yo me llevaría los dos, porque...

No pudo evitarlo. No era su intención enfadarse, ni estropear las horas previas al concierto de Springsteen, ni irritar más a sus padres aquel fin de semana. Pero lo de los jerséis le hizo reaccionar de forma violenta. Fue superior a sus fuerzas.

—¡Mamá, por favor, que no me voy al fin del mundo ni de vacaciones! ¿Por qué quieres que lleve dos jerséis?

—Porque allí hace frío, que lo sé yo.

—¡Estamos en primavera, y dentro de unos días será verano!

—¿Y qué? Luego viene el otoño, y el invierno. Tienes que llevarte ropa por si...

Se olvidó de la paz y de la calma. No quería discutir. Antes tiraría por la ventanilla del tren los jerséis y la mitad de la ropa que le metiera su madre. No iba a llegar con veinte maletas. Se sentía frustrado, pero no idiota. Saltó de la cama y, en dos zancadas, alcanzó la puerta, todavía abierta.

—¿Adónde vas ahora? –le detuvo la voz de su madre–. Podrías ayudar. A fin de cuentas eres tú el que se va.

Por toda respuesta, un segundo después cerró de golpe la puerta del lavabo y echó el pestillo para que su madre no irrumpiera allí inesperadamente.

El espejo del cuarto de baño le devolvió su imagen desesperada, igual que un instante antes el de su habitación.

Como decía Bob Dylan, ¿son libres los pájaros de las cadenas del cielo?

3

Cerró los ojos, se concentró, memorizó la escala, y sus manos se prepararon mientras sus dedos rozaban las cuerdas de la guitarra. Inició el rasgueo tras respirar de forma pausada, exactamente igual que le enseñara su primer profesor de guitarra.

—Tocar no es sólo sentir la música, es vivirla, y eso se hace con todo el cuerpo. Si no respiras adecuadamente, tu música tampoco lo hará, se ahogará, se precipitará, saldrá a destiempo. Respira y haz que tu cuerpo sea uno con la guitarra.

Un veterano de mil batallas, superviviente de los años sesenta y de los setenta. Tenía algunos discos suyos, lúcidos, brillantes, fuertes. Y sin embargo allí estaba, dando clases, intentando transmitir las esencias que le habían empujado a él y que aún mantenía pese al fracaso.

Bueno, él lo consideraba fracaso.

Cristo soltó el aire retenido en sus pulmones sin darse cuenta, lo mismo que un fuelle con motor propio. ¿Acaso la música tenía algo que ver con el éxito, con los números uno, los discos de platino, la fama, el delirio de la grandeza? Su profesor era feliz, a su modo. Hablaba de ciclos y de estar de acuerdo consigo mismo en cada uno de ellos. ¿Habría sentido el mismo deseo que él a los diecinueve años?

Volvió a concentrarse en la escala. Era su último ensayo antes de la prueba, y seguía tropezando en el punto álgido, el *riff* central. Se jugaba demasiado para fallar. Difícilmente tendría una oportunidad mejor, por lo menos hasta después del verano. Si le admitían...

Sus dedos se movieron ágiles por las cuerdas. Los de la mano izquierda pulsándolas, los de la derecha pinzándolas. La melodía surgió fácil, espontánea, llena de vibraciones. Cuando acometió la parte inicial de lo que tenía que ser su solo, pensaba ya en el condenado *riff*, y al llegar casi a él, su nerviosismo le hizo atropellarse una vez más. Respiraba correctamente: eran sus manos, ellas y sólo ellas. Coordinación, ritmo, intensidad...

El *riff* se rompió al segundo compás. El caudal sonoro quedó alterado por una nota desafinada y desafiante, que le hirió el oído tanto o más que el alma.

Esta vez no reaccionó con calma, dispuesto a intentarlo de nuevo. Dio rienda suelta a su rabia y su impotencia tirando la guitarra encima de la cama, aunque de forma que no rebotara y se golpeara contra la pared. Se le antojaba imposible conseguir aquel punto preciso de inflexión, la coordinación necesaria para lograrlo. Y era la canción que le habían pedido, no podía elegir otra. Probablemente sabían lo que se hacían. No eran tontos. Por algo habían grabado ya un disco.

—Mierda –suspiró.

Sería mejor que se marchara al concierto. Si seguía allí se volvería loco. Nada como la fiebre del rock a la máxima temperatura; después, olvidarse de todo en una noche de marcha. Al día siguiente, en el momento decisivo de la prueba, la responsabilidad lo galvanizaría, y daría lo mejor de sí mismo. A cara o cruz. Otras veces lo había hecho así, y casi siempre había ganado. Tenía demasiado orgullo para ser un perdedor.

Se levantó de la silla, le dio la espalda a la guitarra y apoyó las manos en la mesa de estudio de su habitación, llena de papeles, llena de casetes, llena de púas de guitarra, cuerdas y discos. Instintivamente abrió el cajón de la mesa en que guardaba sus tesoros más preciados y extrajo la fotografía.

«Si las miradas gastasen, este rectángulo estaría ya borrado», pensó de pronto.

¿Cómo la había definido su madre el día en que la conoció por casualidad tras tropezarse con ellos por la calle? «No es guapa», dijo, «pero sin duda tiene chispa, y unos ojos tan llenos de vida que contagian».

¿Que no era guapa? ¡Cielo santo! ¡Qué sabía su madre! Aquellos ojos, aquellos labios, aquella nariz, aquel pelo... Era la chica más atractiva que jamás había conocido y, probablemente, que jamás conocería. Habría estudiado veterinaria por ella, para estar todo el día a su lado. En cuanto Toni se marchara a la mili...

No podía fallar en la prueba, tenía que conseguirlo, lograr que le admitieran en el grupo. No podía decirle a Cati que había fracasado. Estaba seguro de que nadie quiere a un perdedor. Se jugaba algo más que el verano o el futuro. El éxito le daría alas.

El éxito era la vida.

Dejó la fotografía en el cajón, lo cerró, se sentó en la silla y cogió otra vez la guitarra. Al principio lo hizo con odio, como si fuera ella y no su propia impotencia, la causa de su tortura. Después la acarició con ternura, casi con sensualidad, al recordar que su profesor decía que era preciso tratarla como a una mujer para extraer de ella lo mejor.

Finalmente inició el proceso: respirar, comenzar a

tocar, reunir la energía y canalizarla a través de los dedos de las manos, sentir, dar, lograr la alquimia, fluir...

Jimi Hendrix murió cuando no pudo extraer más vida de su guitarra. ¿Acaso no era un símbolo?

A...

En el momento de abrir la puerta del apartamento, el vacío interior le alcanzó de lleno y le hizo sobrecogerse. Sintió un golpe en el centro de su conciencia, un vértigo que cortó de raíz, con violencia. Apretó las mandíbulas, cerró la puerta dando un portazo para ahuyentar los fantasmas, y sus pisadas resonaron entre las paredes, aún vacías y desiertas.

Comenzó una canción imaginaria.

Pero le fue difícil sustraerse a los efectos contundentes de aquel silencio. Otros días llegaba más tarde, ya cenado, dispuesto a meterse en la cama, o con compañía si había suerte. Otros viernes, que comenzaban a desvanecerse en el olvido, pero que aún le pesaban en el alma, a aquella hora estaba todo preparado para empezar el fin de semana, con ella y con el niño.

Bien, sólo serían un par de horas, el tiempo necesario para arreglarse y largarse. Un par de horas nada más.

Aunque ahora sabía lo mucho que pueden durar dos simples minutos cuando...

Dejó su maletín negro de ejecutivo encima de la mesa y la chaqueta gris, impecable pese a haber soportado el ajetreo de todo el día, en el respaldo de una de las dos únicas sillas. El resto del apartamento quedaba al alcance de su vista: le bastaba mirar a derecha e izquierda. La cocina llena de platos sucios, al otro lado de la puerta solitaria la cama por hacer, sus libros y objetos personales, trastos y recuerdos amontonados en el suelo, tal y como los había dejado al llegar el primer día. Así tenía todo un mayor sentido de provisionalidad. Ordenar algo era como aceptar... ¿su derrota?

¡Qué estupidez! Era viernes y en un par de horas saldría dispuesto a vivir de nuevo. La libertad era así, inesperada. Aquel apartamento no constituía más que un alto en el camino, un oasis. Sólo necesitaba tiempo.

Pero no debía desperdiciar ni un solo día, ni un solo minuto.

Se aflojó el nudo de la corbata mientras se acercaba al televisor, que ocupaba una mesita pequeña e insuficiente. El otro, el bueno, aún habría cabido menos. El teléfono, con el contestador automático, estaba encima del aparato. Acabó de quitarse la corbata, sin deshacer el nudo, y conectó el contestador.

Escuchó su propia voz anunciando:

—Hola, soy Leonardo y no estoy en casa, pero puedes dejarme tu mensaje y te llamaré lo antes posible. Gracias.

Aquel último mes apenas había recibido llamadas. Poca gente sabía su nuevo número: algún amigo que le rehuía como si fuera un apestado, imaginando que le daría el coñazo; los dichosos abogados, las primeras amigas de su nuevo horizonte...

Había un mensaje, sólo uno.

—Hola, soy Sonia. Oye, mira, lo siento, pero esta noche no puedo salir contigo. Se ha puesto enferma mi madre, y estoy en su casa, cuidándola. Otra vez será, ¿vale? Chao.

Habría arrancado el aparato. Habría derribado incluso el televisor. Se quedó mirando el conjunto con ojos atónitos; su rostro reflejaba incredulidad, y la ira lo invadía en rápidas oleadas. Confiaba en Sonia, y no únicamente para aquella noche, sino también, con un poco de suerte, para todo el fin de semana.

Y de pronto... la soledad.

Tiró la corbata al suelo y le dio un puntapié. La culebra de tela salió despedida hasta caer junto a la pared tan muerta como el ánimo de su dueño.

—¡Maldita sea! –gritó Leonardo apretando los puños, más rabioso a cada instante–. Pero bueno, ¿qué está pasando, eh? ¿Qué está pasando?

Creyó intuirlo en el silencio que siguió a su explosión de furia, pero se negó a aceptarlo.

Madrid, 18 horas

Cuando el médico entró en la habitación, el hombre y la mujer se pusieron de pie. Fue un acto reflejo, un gesto marcado por la tensión. El impulso murió en cuanto los dos se encontraron con el rostro impasible del doctor, que se acercó a la cama donde María estaba muy quieta, como un animalillo atrapado por los tubos, los aparatos y las máquinas que, cada vez más precariamente, la mantenían con vida.

Pese a todo, la mujer formuló la pregunta:

—¿Alguna novedad?

El médico se enfrentó a sus ojos. Conocía aquella mirada, la había visto muchas veces, demasiadas, aunque después solía transformarse en una mirada de agradecimiento cuando las cosas salían bien.

Eran miradas que buscaban un dios.

Momentos en los que dolía enormemente ser, tan sólo, un ser humano.

—Lo único que puedo decirle, Mercedes, es que esta crisis se ha producido un viernes, y que en viernes y sábados hay factores más... favorables, ¿entiende? Por lo demás, no cabe otra cosa que esperar.

—Vamos, Mercedes –dijo su marido–. No hagas que tengan que repetirte todo una docena de veces.

Ella le dirigió una mirada cargada de aprensión y de reproches. Pareció que iba a responderle, pero de pronto se quedó sin fuerzas, víctima de una de las frecuentas caídas de tensión que venía padeciendo desde que los médicos le habían dicho que el organismo de María comenzaba a rechazar el tratamiento que prolongaba su vida. El fallo era ya progresivo e irreversible.

Veinticuatro horas, cuarenta y ocho horas: la existencia medida en tiempo, calculada por las escasas reservas que pudieran quedar.

Tocó la mano de su hija, dormida. La mascarilla de oxígeno le cubría la mayor parte del rostro, y la monitorización del cuerpo le confería un extraño aspecto de conejillo de indias. Todavía le costaba verla así y creer que las cosas hubieran sucedido con tanta rapidez. Nunca había oído que un virus pudiera afectar al miocardio y provocar un aumento del tamaño del corazón. Según los médicos, María moriría a causa de una miocardiopatía dilatada como consecuencia de una miocarditis aguda. Para la madre, su hija era sólo una víctima de la mala suerte. Los médicos decían que no se trataba de un caso único. Pero, para ella y para Paulino, la verdad era otra.

Su única hija.

¿Cómo era posible?

Y bastaba una operación. Tan sencillo como eso. Ni siquiera era una intervención complicada, según decían. Pero se necesitaba un corazón.

Un corazón vivo.

—Se muere tanta gente –suspiró agotada.

Ni su marido ni el doctor respondieron al comentario. No importaba la cantidad, sino la calidad, y ella lo sabía. No bastaba un corazón cualquiera. Se necesitaba el corazón adecuado, con unas características determinadas. Una pieza específica en la rueda del destino.

El hombre intentó cogerla de un brazo, transmitirle su calor y su apoyo, o tal vez buscaba aquel contacto para mitigar su propio desasosiego. Pero ella le rechazó instintivamente y se aferró a su dolor como único soporte, que no tabla de salvación. El gesto no escapó a la atención del médico, que se limitó a inspeccionar los aparatos que rodeaban a la paciente, antes de iniciar la salida.

También él experimentó aquella presión.

Ni una bomba atómica era capaz de liberar más energía.

Al cerrarse la puerta, no hubo en la habitación más movimiento que el del padre de la enferma, que se dejó caer pesadamente en una de las sillas.

Cerró los ojos y ya no se movió.

4

Estaba desenredando las puntas de su pelo, no excesivamente largo para su costumbre, ya que ahora sólo le llegaba a dos o tres centímetros de los hombros, cuando sonaron unos golpecitos en la puerta. Antes de que pudiera decir algo, asomó bajo el dintel la cabeza de su hermana. Sin articular palabra, continuó pasándose el cepillo por el extremo de su media melena.

—¿Te vas ya? –preguntó la hermana.

Cristo se encogió de hombros.

—Dentro de un rato. ¿Por qué?

—Por nada –Esperanza acabó de entrar en la habitación, cerró la puerta y se sentó en la cama. Puso la guitarra sobre sus piernas y la contempló con ternura durante unos segundos. Luego suspiró–: Estaba aburrida.

—¿No sales hoy?

—¿Para qué? Desde que Margarita sale con un chico...

—Tienes otras amigas, ¿no?

—No es lo mismo –aseguró ella–. Ojalá pudiera ir contigo al concierto de esta noche.

—No sabía que te gustara Springsteen.

—Es por salir, por el rollo, por estar ahí. Lo de menos es quién toque o qué se toque. Además, luego te irás de marcha toda la noche, ¿verdad?

—Sí, claro.

—Pues eso –lamentó con profunda desesperación la muchacha.

Cristo la observó a través del espejo. Era su vivo retrato, pero en chica, y seguramente arrasaría dentro de dos o tres años. Tendría que quitárselos de encima como las moscas. Pero de momento, con quince años, Esperanza estaba sujeta a la tiranía inmisericorde de su edad. Demasiada mujer atrapada en aquel cuerpo de niña que se abría a la vida, y demasiado niña para que sus padres confiaran en ella como mujer. Tierra de nadie. La maldita adolescencia era espantosa o, al menos, así la había vivido y seguía viviéndola él, aunque su padre se empeñara en decirle que un día la recordaría como lo mejor de su vida.

¡Buen modelo!

—De todas formas, ésta será una noche muy chunga –le dijo dejando el cepillo en la mesa para ponerse la camiseta que tenía a punto en la silla–. La mitad de la gente que conozco está de exámenes, y la otra mitad no tiene pasta, o está colgada, o pasa de Springsteen. Así que al concierto sólo iremos cuatro, y luego...

—¿Con quién vas?

—Con Toni, con Cati y con Lali.

—Menudo grupo –comentó Esperanza.

—¿Por qué lo dices?

—Bueno, Lali es tonta. Toni es ese que, según me dijiste, se va a marcar el paso. Y Cati es la que te gusta, ¿o ya no?

—Eh, eh, que yo no me meto con tus amigos.

—Si yo no me meto con nadie –se defendió ella.

Cristo contempló su figura: los vaqueros ajustados, la camiseta blanca por fuera, con el logotipo del *Boss* delante. No estaba seguro de que el efecto fuera convincente. Cati era marchosa, pero más bien clásica en el vestir. Claro que no iba a renunciar a su personalidad por ella. Ni por nada ni por nadie.

—¿No es muy temprano? –preguntó su hermana pequeña.

—Bruce está anunciado para las diez, pero el telonero es bueno; además queremos llegar temprano para coger buenos sitios.

—¿No vais a ir delante?

—¿Estás loca? Allí te mueres aplastado o asfixiado.

—Pero es donde está la marcha, el verdadero ambiente, y estás cerca del escenario.

Agitó su cabello a derecha e izquierda y dio por concluida la sesión frente al espejo. Llegó junto a su hermana, le cogió la guitarra de las manos y la guardó en la funda, colocándola en el espacio que la enmarcaba.

—¿Qué tal? –se interesó ella.

Sabía a qué se refería, así que se limitó a contestar vagamente:

—Bien.

—Ya verás como te dan el puesto, hombre –le animó Esperanza, haciendo honor a su nombre–. Eres muy bueno.

—Ellos son profesionales, ¿sabes?

—¿Porque han grabado un disco? ¡Anda ya y no te comas el tarro!

Le gustaba oírla hablar. Tenía desparpajo, naturalidad, fuerza, y eso provocaba sorprendidas miradas en su madre y pasmo y desconcierto en su padre. Claro que a su padre lo desconcertaba todo lo que no fuera el banco. La vida entera era para él un desconcierto.

Y más aún al otro lado de la urna de cristal en que se hallaba metido. Pero quizá era peor lo de Toni.

—Bueno, me largo –se despidió, encaminándose a la puerta.

—¡Jo! –fue lo único que dijo Esperanza, dejándose caer de espaldas en la cama, con los brazos abiertos.

5

Toni se pasó el peine por el cabello. Bastaron dos movimientos porque lo llevaba muy corto. «Si pudiera llevarlo la mitad de largo que Cristo... o incluso la cuarta parte», pensó. «Probablemente sería suficiente para tener otra imagen, más actual, más...», ni siquiera sabía la palabra. Parecía un marine americano y, con la cara tan alargada, su aspecto era la viva representación de un pijo universitario de derechas. O algo peor.

Odiaba su aspecto de buen chico, cruce de Pete Sampras y Jorge Sanz.

A Toni le extrañaba que Cristo se quejara de que su padre trabajara en un banco desde hacía veinte años, fuera un chupatintas y llevara corbata. El uniforme del anonimato. Su padre, en cambio, llevaba el verdadero uniforme del odio, de la guerra. Toni se habría cambiado por Cristo sin pensárselo dos veces.

Los héroes anónimos eran la última esperanza del mundo.

Pensó en Cati y se preguntó cómo iría vestida. Para un concierto se pondría algo cómodo. Pero como era posible que después fueran de copas..., tal vez se arreglara. No era coqueta ni se pasaba horas emperifollándose. A Toni le gustaba su naturalidad, su innata frescura de persona recién salida del baño. No se maquillaba nunca, y bastaba que se pusiera algo diferente de lo habitual para que resaltara su atractivo. El resto lo hacía su personalidad.

Echó un último vistazo a sus pantalones, a su camisa, y el resultado se le antojó tan sumamente discreto que su ánimo quedó por los suelos.

El lunes le pondrían el ridículo uniforme de recluta, y sería peor. Le darían un arma y le gritarían que ya no era una persona, sino sólo un número.

Un arma.

Jamás había tocado ninguna, ni siquiera la de su padre, pese a que un día le gritó que lo hiciera y estuvo a punto de obligarle. Pero él se negó, llorando de miedo.

Entonces tenía siete años.

Se dio cuenta de que el corazón le latía muy deprisa, como si aquello, en vez de ser un mal recuerdo, una escena del pasado, acabara de suceder. Llenó sus pulmones de aire, recogió la entrada del concierto, comprobó la hora y se dispuso a marcharse.

Le quedaba por salvar el obstáculo final.

Se encontró con él en la sala, y difícilmente habría podido eludirlo, marcharse en silencio. Allí estaba con el uniforme, con la barrera. Toni sintió náuseas. Estaba seguro de que su padre no se quitaba el uniforme ni para dormir, de que al día siguiente se levantaba con los pantalones perfectamente planchados, los zapatos brillantes, relucientes como espejos, la chaqueta convertida en una coraza y los galones gritando al viento su singularidad.

—Antonio.

—¿Qué?

—Me parece bien que esta noche salgas con tus amigos, pero quiero que mañana y el domingo estés en casa, con tu madre. No lo olvides.

—Está bien.

—No quiero imprevistos de última hora ni excusas. Es tu último fin de semana y debes pasarlo aquí.

—Vale, vale. ¡Ni que me fuera a la guerra!

Su padre le dirigió una mirada en la que había muchas cosas, pero no orgullo. Toni vio en ella decepción, aires de superioridad, pena, frustraciones reprimidas, ¿desprecio?

Una distancia que se le antojaba insalvable.

—¿Adónde vas? –preguntó el padre, alzando un poco más la barbilla.

Toni hubiera podido mentirle. No lo hizo.

—Al concierto de Springsteen.

—¿De quién?

—De Bruce Springsteen.

—¿Y lo llamáis concierto?

—Es música.

El hombre bajó la cabeza, se miró la punta de los zapatos. Toni se imaginó a sus subordinados, en el cuartel, temblando de pies a cabeza. No le llamaban Hueso Huberto porque sí.

Él ya no temblaba.

De hecho no hacía nada, salvo, quizá, esperar, y ni siquiera sabía qué.

—Procura no meterte en líos, ¿eh? Te caería un paquete antes de entrar. Si hay problemas...

—¡Papá, he ido a mil conciertos de rock, y nunca he visto nada! ¿Cuántas veces he de decírtelo?

—Porque la policía no entra para no causar disturbios, que si no... ¡Pandilla de drogadictos melenudos!

—¿Has visto a los hinchas en un partido de fútbol, cogidos a las rejas como animales, con los ojos desencajados y chillándole al árbitro o pidiéndole a un jugador que le rompa la pierna a un contrario? ¡Eso sí que es violencia, y hasta droga, si me apuras!

—¡Antonio! –el padre sacó su tono más militar–. ¡No te consiento que...!

La aparición de su mujer, que entró en la sala, probablemente atraída por el tono de la conversación, le hizo callar lo que iba a decir en aquel instante. Los ojos de ella reflejaban inequívocamente el temor que sentía.

—¿Ya estáis discutiendo? –lamentó con las manos unidas a la altura del pecho–. ¿Es que no vais a parar nunca?

—Mira –dijo el padre señalando a Toni–, se va a dar saltos como si fuera un mono. ¡El señor va a un «concierto»!

—Y tú y yo íbamos a bailar, ¿qué pasa? –le respondió la mujer con dulzura.

La fulminante mirada del marido no la acobardó. Sabía que la acusaba de haber educado a Toni con demasiado mimo y demasiada blandura, y hacía ya tiempo que había dejado de importarle. Aprovechando un momento en que el hombre les dio la espalda a los dos, le hizo una seña a su hijo.

En vez de dirigirse a la puerta, Toni fue a la mesita y cogió las llaves del coche. Al oír el ruido, su padre volvió bruscamente el cuerpo. Y se encontró de nuevo con el reproche de los dulces ojos de su mujer. Tan dulces como decididos.

—¡Ni un rasguño! ¿Entiendes? ¡Como le hagas una simple raya te juro que...!

El hijo besó a la madre en la mejilla. Después salió de allí.

6

Fue la misma Eulalia quien le abrió la puerta. Cuando Cati vio que estaba todavía sin arreglar, en zapatillas, con una vieja camiseta hasta la mitad de los muslos, y el largo cabello recogido informalmente en la nuca, se quedó boquiabierta.

—¿Todavía estás así? ¿Sabes la hora que...?

—Te he llamado por teléfono, pero ya habías salido –la interrumpió su amiga, y el tono de su voz reveló que sucedía algo parecido a una tragedia.

—¿Qué pasa?

—Que no puedo ir.

—Estás de guasa, ¿no?

—¡Qué más quisiera yo! –bufó con visible frustración Lali.

Cati se quedó tan hundida como ella.

—¡Tía, que es Bruce Springsteen! ¿Qué pasa?

—Mi padre, que se ha puesto borde, y ya sé que es el *Boss*, no hace falta que me lo recuerdes –aún seguían en el recibidor, aunque Lali había cerrado la puerta. Hizo un gesto con la cabeza y añadió–: Anda, entra, vamos a mi habitación.

Cati la siguió hasta allí en silencio. Lali, cruzada de brazos, era la viva estampa de la desesperación. Los angulosos rasgos de su rostro, que contrastaban con los de Cati, mucho más suaves y redondeados, subrayaban su desazón y su rabia.

Cuando cerró la puerta de su habitación, Lali parecía a punto de echarse a llorar. Pero la misma rabia contuvo sus lágrimas y le impidió hundirse más en el abismo de su frustración.

—¿Cuál es el problema? –quiso saber Cati.

—¿Qué te parece? Dice que cuando viva sola haga lo que quiera, pero que, hoy por hoy, en casita y sin chistar. A veces...

—¿Y por qué?

—¡El recibo del teléfono! Se ha subido por las paredes. Dice que ya me lo advirtió.

—¿Le has dicho que es Springsteen?

—¡Vaya con lo que me sales tú! —se burló sin ganas Lali—. Y a él qué más le da. No tiene ni zorra idea de quién es —cambió de tono y reapareció la ira—. ¡Claro que le he dicho que es Springsteen! Y le he prometido y le he jurado todo lo que se me ha ocurrido. Pero no se ha inmutado. Me ha mirado fijamente y, con la típica pomposidad de los padres, me ha dicho —adoptó un tono ridículamente solemne—: Así tendrás algo en qué pensar la próxima vez que descuelgues el auricular para llamar a alguien. ¡Ya lo creo que pensaré en algo! ¡Le...!

—Tu padre no es así —dijo Cati preocupada.

—Creo que tiene problemas en el trabajo —Lali bajó la cabeza—. A mí no me dicen nada, pero oigo lo que comentan él y mi madre. Ha llegado a casa, ha visto el maldito recibo y la ha tomado conmigo.

—¿Quieres que hable con él? Puede que le convenza.

—Ahora no está en casa, pero esta vez no serviría de nada. Le conozco. Ahora ya es una cuestión de principios. La verdad es que no sé de qué sirve haber cumplido dieciocho años. ¿A ti te sirve de algo?

No hubo respuesta. Sencillamente era distinto, y las dos lo sabían. Lali suspiró, echó una ojeada al reloj y cogió el bolso, que colgaba del respaldo de la silla de su habitación. Sacó la entrada para el concierto y se la tendió a su amiga.

—Toma la entrada —le dijo a Cati—. Véndela y, por lo menos, no perderé la pasta. Estando todo agotado, supongo que se pegarán por comprártela.

Cati cogió el rectángulo de papel en cuya superficie tocaba la guitarra un sonriente Bruce Springsteen.

—Lo siento —buscó una vana solidaridad con su amiga.

—Yo también. Por mí y por ti. Tendrás que lidiar

solita con Toni y con Cristo. Desde luego no te va a faltar compañía.

—Son buenos tíos –comentó Cati.

—Y acabarán sacándose los ojos por ti.

—No seas agorera.

—Vale, pero te advierto que les ha dado fuerte, y estando Toni en vísperas de marcharse a la mili... –Lali volvió a mirar la hora. Su reacción fue fulminante–: Anda, vete o llegaréis tarde por mi culpa.

Y ella misma empujó a Cati fuera de su habitación.

B...

El timbre del teléfono sonó tres veces. Creía que escucharía el monocorde tono de un contestador automático cuando, tras el chasquido de apertura de la línea, llegó hasta él la voz de Verónica.

Tan cálida como creía recordar.

—¿Sí?

—Hola –dijo con acentuada jovialidad–. Soy Leonardo.

—¿Quién...? –la vacilación fue fugaz–. ¡Leo, querido! ¿Qué es de tu vida?

—Pues ya ves, nada de particular.

—Ya he oído que tu mujer y tú...

Las noticias volaban rápidas. Se sintió levemente incómodo. Trató de conservar su entusiamo.

—Bueno, de eso hace una eternidad. Te llamaba precisamente por si te apetecía salir a cenar esta noche. Hace mucho que no te veo y me gustaría charlar contigo.

—Pero, cielo, ¿a estas horas y en viernes? Debería sentirme ofendida. ¿A quién se le ocurre pensar que pueda quedarme en casa un viernes por la noche?

¡Cómo sois los recién separados! Cuando quieras me llamas, pero con una semana o dos de antelación.

¿Una semana o dos? Le pareció una broma, un chiste de mal gusto, pero se abstuvo de decírselo a ella. Podía necesitarla. Era muy *sexy*, toda una mujer, aunque precisamente por eso solía estar siempre rodeada de admiradores. Un objeto de lujo.

Si le soltaba el cuento de la lagrimita, tal vez...

La sola idea le enfureció.

—De acuerdo, te llamaré –le concedió con prisa por colgar. Una prisa que ella entendió perfectamente.

—No dejes de hacerlo, y ánimo –le deseó–. Siempre fuiste un bala.

Se despidieron dándose un beso que sonó a brisa y crujido en mitad de la línea, un instante antes de que se cortara la comunicación. Leonardo no colgó el auricular. Con las mandíbulas apretadas, pasó varias páginas de su agenda y buscó un nuevo número telefónico deslizando por una hoja el dedo índice de su mano libre. Cuando lo encontró, llevó el dedo al aparato y marcó el número.

Cuatro zumbidos.

—Hola, soy Marcia. ¿Qué tal? Mira, no estoy en casa. Así que déjame tu mensaje y te llamaré el lunes. ¡Feliz fin de semana!

Recurrió otra vez a la agenda y, pasando las páginas hacia atrás, repitió los gestos que no había dejado de hacer durante los últimos diez minutos, o tal vez fueran más. No quería ni mirar el reloj. Lo único evidente era que la pesada losa de la soledad lo agobiaba más y más y estaba a punto de sepultarlo en la tumba de su casa.

Su nuevo «hogar».

—¿Quién es? –preguntó una voz juvenil.

—A que no lo adivinas –dijo él.

—Oye, tío, no tengo tiempo para jueguecitos. Dime quién eres o cuelgo.

Era una muñeca, una *barbie*, pero tan imprevisible como una tormenta de verano.

—Soy Leonardo.

—¡Ah, hola! ¿Cómo estás? –respondió sin ningún entusiasmo.

—¿Qué hay? Hace mucho que no sé nada de ti.

—Ya ves, arreglándome para salir. Y ha sido una sorpresa oírte. ¿Cómo está Elena?

—Lo hemos dejado.

—¡No me digas! ¿Tú también? ¿Hay una epidemia o qué? ¡Por Dios!

La imaginó pintándose las uñas de los pies mientras hablaba con él, o eligiendo con ojo crítico el vestido adecuado. Se lo había dicho con toda claridad: iba a salir. Otra cruz en el cementerio de su ánimo.

—No todo el mundo es tan listo como tú.

—¿Verdad? –asintió ella–. Oye, ¿por qué no llamas a Puri? Ésa siempre está dispuesta a hacer un favor.

—¿Un favor? –estuvo a punto de gritar–. ¿Y para qué voy a llamar yo a ésa?

—¡Ay, chico! Has llamado para pedirme que saliéramos, ¿no? Pues yo te digo lo que hay. En viernes y a esta hora... Por cierto, ¡mira qué hora es! Tengo que colgar, cielo. Pero me llamarás, ¿verdad? Un beso, ¿eh?

No le dio tiempo a más.

Y esta vez tardó casi un minuto en reaccionar.

7

El violento sonido del claxon del coche situado inmediatamente detrás de él le hizo reaccionar. Creyó oír una voz airada, pero no se molestó en volver la cabeza ni en comprobarlo por el retrovisor. Miró al semáforo, ya en verde, puso la primera y reemprendió la marcha.

De todas formas, el tráfico era tan denso que se detuvo de nuevo a los pocos metros.

Toni suspiró.

Ni el concierto ni la perspectiva de pasar su última noche con Cati aliviaban su decaimiento, la depresión que sentía. El concierto sería un simple paréntesis, un estallido de los sentidos, durante el cual se sumergiría en la música, se aislaría del mundo y vibraría al unísono con miles de iniciados como él. Pero después tendría que compartir la noche con Cristo... El lunes se marcharía y le dejaría el camino libre a su amigo... Aunque Cati era tan distinta, tan libre, tan maravillosamente especial...

Demasiado tarde.

Ése era el sino de su vida: llegar siempre demasiado tarde, unas veces por falta de valor y otras por los azares del destino. Su padre le dijo en una ocasión, hablando de las grandes batallas de la historia, su tema favorito, que no gana las guerras quien tiene más armas o un ejército más poderoso, sino quien dispone de mejores estrategas. Que la clave está en la estrategia militar, y que de estas dos palabras, «demasiado tarde», depende el resultado de cualquier operación: pierde el primero que comete un error y reacciona «demasiado tarde».

Su padre decía muchas tonterías, pero aquello era verdad.

Él odiaba las armas y los uniformes. Era pacifista y no quería hacer el servicio militar. Estaba asustado..., pero era demasiado tarde. No había sido capaz de enfrentarse a su padre y decirle lo que pensaba, aunque estaba seguro de que su padre lo sabía de sobra. Si el viejo callaba era porque pensaba que el ejército «le haría un hombre». Pero él, ¿por qué callaba él? Muy sencillo: porque no tenía coraje, valor, lo necesario para decir basta. ¿Por qué no se había hecho objetor de conciencia? Por lo menos eso. La insumisión habría sido demasiado. Su padre habría sido capaz de pegarle un tiro. ¡Seguro! Pero la objeción...

Un nuevo rugido del claxon del coche que le seguía barrió sus pensamientos y le hizo mirar con ira al impaciente. Esta vez, la señal acústica no iba dirigida a él, atrapado como todos en el embotellamiento, sino al tráfico en general. Por el espejo retrovisor creyó ver a un tipo joven con aspecto de histérico. Llevaba un coche pequeño pero potente, una trampa mortal, con exceso de potencia para tan poco peso. Las alas de la noche debían picotearle la conciencia.

«Voy a perder a Cati.»

«Demasiado tarde.»

«Si por lo menos me atreviera a decirle...»

«Es tan distinta de todas las demás, tan maravillosa, tan vital, tan alegre, rebosa tanto entusiasmo, tanta dicha, tanta paz, tanta energía, tanta ternura...»

«Si mi padre hubiera hecho alguna llamada aprovechándose de su puesto. Si me hubiese enchufado... Pero eso es demasiado para él. ¿Privilegios? Se los prohíben la honradez, la decencia y otros conceptos igual de pomposos y hueros. De haber podido me habría enviado al lugar más duro. Si hubiera una guerra se habría sentido orgulloso de que yo estuviera en primera línea».

Demasiado tarde para decir «no», «basta» y, quizá, «adiós».

Lo único bueno de su situación era, tal vez, que pasaría un tiempo fuera de casa, unos meses de soledad, los primeros de su vida sin la tutela de su padre.

Lo único bueno... si no se hundía antes.

Porque a veces estaba seguro de que no lo soportaría. Muchos se pegaban un tiro por menos.

Pasó el atasco tras rebasar el cruce que producía el

tapón en la calle por la que circulaba. El coche que le seguía le adelantó por la derecha, con un crujido de ruedas y con el tubo de escape rugiendo. Cuando el proyectil de color azul metalizado pasó junto a él, Toni pudo ver el gesto despectivo del conductor y escuchó un último alarido del claxon.

—Anda y que te estrelles –musitó fríamente.

Podía rayarle un poco el coche de su padre. Quizá eso bastaría para que le rompiese la cabeza y, así, no tendría que presentarse el lunes.

La idea le hizo sonreír, más por lo de la raspadura que por lo de evitar la incorporación a filas.

¡Si tuviera valor para eso...!

8

Cristo oteó la oleada de coches que emergía del semáforo. Como no vio el Ford Escort negro del padre de Toni, volvió a apoyar la espalda en el árbol que le servía de cobijo. Pasaban cinco minutos de la hora convenida, y Toni solía ser puntual. Claro que la densidad del tráfico aumentaba por momentos: cada vez eran más los que salían de sus trabajos, los que se iban de Barcelona y los que iniciaban ya el fin de semana, como él mismo.

Y si se hubiera elegido para el concierto el Estadio Olímpico, aún habría sido mayor la congestión en torno a Montjuich. Era una suerte. Claro que, ¿cómo se les había ocurrido meter al *Boss* en el Palau Sant Jordi, con capacidad para 17.000 personas, cuando otras veces había llenado el Campo del Barça y el mismo Estadio Olímpico? De locos. Así habían sido las colas para conseguir entradas, tres meses antes.

A escasos centímetros de él pasó una moto tronando, rugiendo, e hizo una arriesgada maniobra para esquivar a un taxi y no llevárselo por delante. La vio alejarse por el río metálico de automóviles mientras susurraba:

—*Born to run*...

La prueba era al día siguiente, y para eso faltaba mucho. Toni se largaba el lunes, y para eso faltaba poco. El concierto era aquella misma noche, y había que pasarlo bien, a tope, aparcando todo lo demás. Springsteen lo merecía.

Cristo sintió un ramalazo de euforia y optimismo. Esperanza tenía razón: sin Toni revoloteando, podría dedicarse a Cati, conquistarla con paciencia. Había cosas que ahora no podía hacer ni decir. Cuestión de tiempo. De todas formas, aún le sorprendían sus sentimientos, haber perdido la cabeza tan pronto y tan deprisa. Claro que Cati no se parecía a nadie.

Y en cuanto al grupo, lograría entrar en él, eso era fundamental. Sólo necesitaba creer en ello o, lo que era igual, creer en sí mismo.

¿No preferían las chicas a los triunfadores? Bueno... de eso no estaba muy seguro, al menos en lo que concernía a Cati. A veces era tan tierna que Toni, con su aire de víctima, en la mili, aplastado por la bota de su padre, no dejaba de ser peligroso. El cuento de la lagrimita. Las mujeres, cuando se les despierta el instinto maternal... Y Cati, con su amor hacia los animales, era así.

Lo curioso es que Toni le caía bien porque era un tío legal, y estaba seguro de que él le caía bien a Toni.

Amigos.

Una serie de cortos bocinazos lo sacó de su abstracción. Levantó la cabeza, miró hacia los coches, de nuevo detenidos frente al semáforo, y vio la mano de Toni agitándose por la ventanilla del automóvil de su padre, tan limpio y reluciente como siempre.

Corrió hacia él, tras interrumpir el gesto de encender un cigarrillo, que se disponía a hacer maquinalmente.

El padre de Toni era de lo más puñetero con el trasto.

9

Al llegar al cruce, Cati frenó su carrera y vio que el coche estaba ya a menos de veinte metros de distancia y avanzaba hacia donde se encontraba ella. Cerró los ojos y musitó para sí misma:

—¡Por los pelos!

Odiaba esperar, y odiaba también que tuvieran que esperarla, pese a que algunas de sus amigas opinaban que los chicos podían interpretar la puntualidad como una especie de ansiedad. Ella aborrecía la falta de puntualidad, ¡y llegaba casi con diez minutos de retraso al punto de encuentro!

Tal vez Toni y Cristo hubieran tenido que dar alguna vuelta a la manzana para hacer tiempo.

Se acercó al bordillo. El coche ya estaba indicando la maniobra con el intermitente izquierdo. Vio a Toni y a Cristo buscando algo alrededor de ella, y supo que echaban de menos a Lali. ¡Menuda sorpresa se iban a llevar! No parecía la mejor forma de empezar la noche.

La última noche de Toni.

Ni siquiera dejó que Cristo bajara a preguntar por la ausente. Le hizo un gesto para que siguiera en el asiento delantero, junto a Toni, abrió la puerta de su lado y se dejó caer en el asiento de atrás.

—¡Hola, chicos! –saludó–. ¡Andando!

—¿Y Lali?

No llevaban ni tres segundos parados, pero los primeros bocinazos empezaron a oírse a su espalda.

—No viene. Arranca.

Toni obedeció. Cristo se apoyó en su asiento y la miró con gesto de incredulidad.

—¿Cómo que no viene? –preguntó.

—La ha castigado su padre.

—¿Qué?

Se encontró con los ojos de Toni a través del retrovisor.

—Lo que oís. Está hecha polvo.

—Pero ¿cómo la van a castigar teniendo dieciocho años? –se sorprendió Cristo.

—¿Qué crees, que todo el mundo hace lo que le da la gana, como tú? –le contestó Cati mientras sus ojos volvían a encontrarse con los de Toni.

—¡Increíble! –alucinó Cristo.

—Puedes imaginarte cómo estaba –comentó ella arreglándose la falda, que le llegaba casi hasta los pies y que tras su precipitada entrada en el coche había quedado desarreglada–. Me ha dado la entrada para que recobremos su dinero.

—¿Por qué ha sido? –preguntó Toni.

—Por el recibo del teléfono. Ya conocéis a su padre.

—¡Jo, pobre tía! –lamentó Cristo.

Cati había acabado con la falda. Ahora le tocaba el turno a la cazadora tejana. Comprobó que llevaba la documentación en el bolsillo interior. Después se atusó el cabello.

—Y vosotros, ¿qué tal estáis? –preguntó intentando que la falta de Lali no enturbiara el panorama.

—No tan bien como tú –respondió Cristo–. ¿Cómo llevas los exámenes?

El rostro de Cati se ensombreció como si hubiera caído sobre él una súbita lluvia de ceniza. Inmediatamente frunció el entrecejo y manifestó con pesar:

—¡Oh, vamos! ¿No tienes otra cosa que preguntar?

¡Pues sí que sabes hacer reír a una chica! Por favor... No quiero oír hablar de exámenes en toda la noche, ¿de acuerdo? Al primero que saque el tema le muerdo, y hablo en serio. Ya es bastante lo de la pobre Lali. ¿Está claro?

—Vale –aceptó Cristo.

Cati tenía las manos abiertas y las palmas vueltas hacia ellos, a modo de barrera.

—Tú también, Toni –pidió.

—Te lo prometo.

Cati se dejó caer hacia atrás, como si la hubieran liberado de una pesada carga, y no volvió a hablar en varios minutos.

10

Por el retrovisor veía los ojos de Toni y el perfil de Cristo, especialmente cuando éste volvía la cabeza hacia la izquierda. Era una imagen familiar, pero Cati advirtió que esta vez las cosas comenzaban a ser diferentes. En primer lugar, nunca había salido sola con los dos. En segundo lugar, la noche tenía algo de fúnebre, pese al concierto, por la despedida de Toni y porque ella sabía cómo se sentía su amigo. En cuanto a Cristo...

Quizá era hora de analizar sus sentimientos, lo que pensaba de ambos, aquello que sabía en su fuero interno, pero que no había examinado detenidamente hasta entonces porque no lo había creído necesario.

De hecho, tampoco ahora lo creía necesario. Pero su instinto advertía las especiales connotaciones de la noche, la suerte de acontecimientos que se estaban desarrollando en torno a ella. Cuando dos chicos se interesan por la misma chica, hay muchos peligros, sobre todo si se trata de dos amigos. Cati lo sabía y no quería complicar las cosas. No quería que sucediera nada. Especialmente porque, para ella, Toni y Cristo eran también dos buenos amigos, y nada más.

Dos buenos amigos.

Jamás había pensado en enamorarse. No era como su hermana mayor, casada a los veinte, ni como la pequeña, con novio a los diecisiete. Claro que a veces los problemas venían como venían, y no se podía predecir nada. Pero ella tenía demasiado por hacer, demasiado que vivir: acabar la carrera, situarse y, en la medida de lo posible, divertirse y hacer cada cosa a su tiempo. Toni y Cristo...

Buenos compañeros, excelentes colegas, con sus defectos y sus virtudes. Cristo, por ejemplo, un poco loco, extravagante cuando quería hacerse notar, algo pedante, pasional, enamoradizo, lleno de música... Tres meses antes bebía los vientos por Carlota, hasta que ella se lo montó con Ricardo. Por lo menos tenía su guitarra, su buen rollo. Cualquier día daría el salto, se convertiría en una estrella. Y entonces eso le bastaría. Toni era distinto: más tímido, más profundo en sus sentimientos, estaba dominado por todo su rollo familiar y, encima, deprimido por la perspectiva del servicio militar. Además de la inevitable pérdida de tiempo, estaba su pacifismo, espontáneo o provocado por oposición a su padre. En cualquier caso, lo iba a pasar rematadamente mal durante los próximos meses.

Suspiró: pese a su entusiasmo, la noche podía resultar conflictiva. Quizá sería conveniente que, al terminar el concierto, se marchara a su casa, con la excusa de los exámenes y de la necesidad de estudiar...

Sonaría a pretexto, se daba perfecta cuenta. Lo natural era ir de copas y dar una vuelta hasta el amanecer, como solían hacer cuando salían en pandilla.

Además, Toni no se merecía eso. Aunque sólo fuese por compañerismo...

—Eh, estás muy callada –exclamó Cristo devolviéndola a la realidad. Y apoyando el codo en el respaldo de su asiento continuó–: Seguro que Lali te ha pedido que procuremos divertirnos por ella.

—Tenía tantas ganas de ver a Bruce...

—No sé por qué venimos en coche, aunque luego nos vayamos por ahí –dijo Toni–. ¿Habéis visto qué atasco? Apuesto a que hay alguna feria o algo así y no se puede entrar en Montjuich por la Plaza de España.

Cristo le dio un golpe en la espalda.

—¿Ves? –exclamó–. Si tu padre fuera general, tendría helicóptero en vez de coche. ¡Eso sí sería una pasada!

Sin contestarle, Toni miró una vez más a Cati, que ahora observaba por la ventanilla derecha algún punto situado en medio del caos circulatorio.

Tragó saliva.

Estaba seguro de que el perfil de Cati era el más perfecto de la creación.

Madrid, 20 horas

Bastó que su hija hiciera un pequeño movimiento para que ella se levantara de la silla y se acercara. Le puso una mano en la frente y, luego, le arregló el pelo. Su precioso pelo. Todo el mundo decía que era maravilloso, tan moldeable, tan rubio. Jorge, un vecino que tonteaba con la chica de la panadería pero que estaba loco por ella, le había escrito un poema sobre su pelo.

María podía casarse con un príncipe.

María...

Al darse cuenta de que la muchacha dormía, agotada, se apartó de la cama. Intentaba no mirarla, cerrar los ojos y verla sonriente y llena de vida como antes,

43

pero no podía. Probablemente, jamás volvería a verla en su interior sin aquellos tubos y aparatos, viviera o muriera. Tenía todo demasiado dentro de sí misma.

Se dirigió a la ventana y contempló Madrid desde el otro lado del cristal, un Madrid bullicioso y agitado por la tensión de la hora, batido por la penúltima claridad de la tarde. Un Madrid que pasaba inconsciente a sus pies, igual que ella había pasado muchas veces por delante del hospital sin levantar la cabeza para tratar de imaginar las tragedias que se desarrollaban en su interior.

¡A quién le importaban!

El cristal separaba dos formas de vida, o dos formas de entenderla. Ahora ella estaba dentro, y el resto del mundo fuera.

Volvió a acercarse a la cama y se llenó otra vez de aquella imagen patética. Luego levantó la cabeza y miró al crucifijo que, colgado de la pared, era mudo testigo de su tormenta. Y ahogando un suspiro musitó:

—¡Por favor...! ¡Sólo tiene dieciséis años...! Por favor, Dios, que pueda vivir. Dale una oportunidad...

El silencio devoró sus palabras.

11

Para no meterse en la vorágine circulatoria de los aledaños del Palau Sant Jordi, decidieron dejar el coche abajo y subir al Anillo Olímpico por las escaleras mecánicas. Pese a la cantidad de coches y motos que se dirigían a la cita con Springsteen, Toni aparcó sin problemas.

Cuando subían por la primera de las escaleras mecánicas, Cati se puso a mirar a la gente, como si buscara algo. Cristo intuyó el motivo.

—¿A quién le vendemos la entrada? –preguntó.

—Será fácil –opinó Toni–. Están agotadas desde hace semanas, así que...

—Podemos sacar tajada –dijo Cristo frotándose las manos.

No le contestaron. Cati siguió buscando la persona adecuada. De momento era aquélla una cuestión primordial. Harían feliz a alguien desesperado porque no podía entrar, a alguien que jamás olvidaría aquel día y aquel concierto. La elección no era sencilla. A todos los conciertos acuden personas que no tienen posibilidad de entrar al recinto y se quedan fuera, escuchando junto al sacrosanto templo en que el rock vibra en ese instante. En el Anillo Olímpico de Montjuich eso es bastante cómodo, ya que en los alrededores hay césped, pequeños muros de piedra donde tumbarse o escalinatas en las que sentarse. Pero hay un inconveniente: el Palau Sant Jordi, por ser un recinto cubierto, permite mucho menos la filtración del sonido.

Era necesario elegir bien.

Dejaron las escaleras mecánicas y caminaron un trecho, hacia la derecha, en busca del segundo tramo. Allí suelen empezar a ofrecer sus tesoros los revendedores, cuidando de que no los sorprenda la ley. Cuando se disponían a tomar la escalera, un tipo alto y fornido, vestido enteramente con ropa vaquera, les susurró a media voz:

—Entradas. Las últimas. Todo agotado. Entradas.

—¿Cuánto? –le preguntó Cristo sin detenerse.

—Doce billetes.

Cati cerró los ojos. En taquilla costaban cuatro mil. ¡Qué cerdos...!

—¡Eh, oye, diez, pero no bajo más! –insistió el revendedor al ver que seguían su marcha.

Coronaron el segundo tramo y se encontraron ya

con un gran ambiente, que estalló al llegar arriba, donde estaban los vendedores de camisetas, los vendedores de pins, los vendedores de fotografías, los vendedores de tabaco, los vendedores de refrescos... Cati intentó olvidarse de Lali y sumergirse en aquel tumulto excitante, lleno de color y libertad. Por todos los caminos de la montaña mágica ascendía en peregrinación ritual un público heterogéneo: parejas de cuarentones con el entusiasmo reflejado en el rostro, jóvenes de ojos radiantes, rockeros evidentes y ejecutivos transformados en acólitos de la gran danza. Todos iban a compartir la música con el espíritu abierto. Y aquélla era una emoción que difícilmente podía entender quien no estuviera allí, participando de la fiesta.

—Bueno, ¿qué hacemos? –preguntó Cristo.

—Sigamos un poco más –contestó Cati.

Sabía dónde se colocan los devotos. Cruzaron la avenida, entre voces que ofrecían entradas a quince y hasta veinte mil pesetas, y entraron en el recinto, dejando a la izquierda el Estadio Olímpico. Las taquillas, con el cartel de «no hay entradas» en la ventanilla, se burlaban de quienes aún tenían alguna esperanza. Cati sólo se detuvo al llegar a la explanada del Palau Sant Jordi, donde empezaban los controles de seguridad. La vio en el pequeño muro contiguo a la cascada, que se hallaba ya repleto de chicos y chicas sentados junto a él o encima de él.

Parecía destacar del resto, ser más genuina, una estampa casi anacrónica y al mismo tiempo muy evocadora. Y probablemente era genuina, auténtica, la verdad de un tiempo anterior a su época o de una circunstancia que habría valido la pena vivir. Cati lo intuyó. Y por eso supo que era ella.

Se aproximó. La chica no tendría más de diecisiete años, quizá dieciséis. Vestía con la vieja informalidad *hippy*: camiseta descolorida, chaleco, símbolo de la paz colgado del cuello, pantalón roto y lleno de frases escritas con tinta indeleble, sandalias y una enorme bolsa de mil colores. Pero lo más llamativo era su rostro, delicado como la porcelana, sus ojos vidriosos, casi llorosos, fijos en ninguna parte, el cabello rojizo, con una cinta en la frente, y una singular expresión de dulzura.

Parecía un animalito asustado, o cansado.

12

Cati se agachó junto a ella, mientras Toni y Cristo la miraban sorprendidos, en el momento en que la *hippy* apagaba su cigarrillo. Cati odiaba cordialmente el tabaco, pero no le importaba que la gente fumara, así que pasó por alto el detalle. La muchacha la observó con sus ojos grises y doloridos.

—Hola –saludó Cati.

—Hola –respondió ella vacilante.

Su voz era aguda pero dulce: una voz de niña.

—¿Tienes entrada?

—Vamos, tía. ¿Crees que estaría aquí si tuviera entrada? ¡Esto es una verdadera...! ¿Sabes de dónde vengo? ¡De Zaragoza! Creía que... –calló para mirarla más detenidamente y, cambiando de tono, agregó–: ¿Y tú quién eres?

—Tal vez tu ángel de la guarda –sonrió Cati–. ¿Quieres una entrada?

—¿Crees que soy la Thyssen? –se burló la pelirroja–. Daría cualquier cosa por entrar, pero no tengo la pasta necesaria. Búscate otra prima.

—Son cuatro mil –Cati le enseñó la entrada–, precio de taquilla.

A su espalda, Cristo murmuró algo que ella no pudo oír.

—Oye, ¿de qué vas? –vaciló la chica.

—De legal. ¿Lo tomas o lo dejas? Si crees que es falsa puedes entrar con nosotros.

—No, no, si yo no... –musitó, contemplando la entrada como si fuera el mayor de los tesoros, el pasaporte para el paraíso. De pronto miró a los ojos de su inesperada amiga y leyó en ellos la sinceridad de sus palabras. Con voz quebrada por la emoción prosiguió mientras se levantaba–: ¡Jo, tía... de verdad... gracias! ¡Esto es...! ¡Oye, que te lo agradezco un montón! Es que... ¡Jo, tía!

—Éstos son Toni y Cristo –dijo Cati presentando a sus compañeros–. Y yo me llamo Cati.

—Yo Neli, de Nerea, ya sabes... ¡Oh, tíos, qué fuerte es esto! Sois geniales, de verdad.

Se encaminaron hacia la entrada, donde había que pasar los consabidos controles de seguridad, y no volvieron a hablar hasta superarlos. A Neli le registraron a fondo la bolsa, y el encargado de hacerlo la miró un par de veces con gesto de pasmo, mientras ella le dirigía una sonrisa expresiva. Una vez dentro, Cati le entregó la entrada, y Neli sacó de un bolsillo del pantalón cuatro billetes de mil, que parecían ser los únicos que llevaba, o que tal vez guardaba aparte.

—¿De quién era la entrada? –quiso saber.

—De una amiga que no ha podido venir –la informó Cati.

—La fatalidad de unos es la alegría de otros –filosofó Neli elevando los ojos al cielo.

Toni y Cristo seguían sin decir nada. Cati les lanzó una mirada de complicidad. Al ver sus caras aún serias, les guiñó un ojo.

Fue suficiente.

—¿Has venido sola, Neli? –preguntó Cristo.

—Sí, en autostop. Tenía que ver a Bruce. Es lo más

grande que ha dado el rock. ¿Sabíais que nací el mismo día que escribió *Badlands*? ¡Es alucinante! A los ocho o nueve años era ya mi canción favorita. Cuando leí su biografía y lo vi fue... –juntó las manos y las separó con las palmas hacia arriba como simulando una explosión–. ¡Oh, Dios, estoy temblando! ¿De verdad voy a entrar ahí y verle?

Hacían la última cola, en fila india, para entrar en el Palau Sant Jordi. Las rejas que canalizaban el acceso estaban tan juntas que una persona obesa habría tenido problemas para moverse. Neli iba en cabeza, seguida de Cati y de Cristo, y Toni cerraba la marcha del cuarteto. Cuando el último controlador le cogió la entrada, la *hippy* le soltó rápidamente:

—¡Córtamela bien, tío, que la voy a enmarcar!

El muchacho le sonrió y separó cuidadosamente los dos fragmentos por la línea taladrada. Algunos chicos de las otras filas miraban hacia ella. Cati comprendió el motivo: ahora, sin las huellas de tristeza, el rostro de Neli irradiaba una luz mágica. Parecía la persona más vital del mundo. Y lo demostró cuando los cuatro se adentraron por el Palau.

—¡Oh dioses, al fin estamos aquí! –gritó levantando los brazos al cielo–. ¡En el corazón del universo!

C...

Intentó que su voz sonara firme y dura, a la par que relajada. Una mano asía el auricular con desesperación. La otra estaba cerrada, casi con violencia.

—¿Puri?

—¿Quién es?

—Leonardo.

—Oh.

No hubo ningún entusiasmo. Fue más bien un suspiro de desilusión. Leonardo lo ignoró porque no estaba dispuesto a aceptar su acorralamiento.

—¿Paso a buscarte y damos una vuelta?

Silencio. Un silencio opresivo, prolongado. ¿Había sido demasiado rápido? ¿Se había precipitado? Habría debido hablar un poco con ella, iniciar una conversación. Claro que era absurdo fingir que se trataba de una llamada de cortesía y terminar pidiéndole una cita.

—Me han dicho que tu mujer te ha dado puerta por cabrón.

—¿Qué dices?

—Oye, no te hagas el lila conmigo. ¿No tenías un lío con una?

—¡Qué barbaridad! –bufó, enviando una carcajada hipócrita a través de la línea–. ¡El mundo está loco! Y yo sin enterarme, puedes creerlo.

—¿Te has separado de tu prójima o no?

—Sí, lo hemos dejado, pero...

—Pues mira, paso –le interrumpió sin darle la menor oportunidad–. ¡Buenos sois los separados!

—Pero ¿qué dices, mujer? Hoy he estado hablando de ti con Mario y he pensado que eres una tía sensacional, y he sentido deseos de verte, nada más.

Hablaba mecánicamente, sin sentir lo que decía. En realidad quería cogerle el cuello con las manos y apretar, descargar contra aquel petardo todo el odio y la rabia que le invadían. La muy... Creía hacerle un favor, y ella le trataba peor que a un muerto de hambre. ¿Qué estaba pasando?

Esta vez fue más largo el silencio.

—Mira, lo siento, pero yo paso –dijo ella sin hacer el menor esfuerzo por ocultar su cansancio–. Estoy en una fase de reciclaje, y no me conviene salir con un hombre rayano en los cuarenta que acaba de ponerse el «libre» en la frente. No me va, ¿comprendes?

—No te pases, que sólo tengo treinta y cuatro.

—Da lo mismo. ¿Qué quieres que te diga? Lo siento. Por qué no lo pensaste antes, coño, que sois... Bueno, cuídate. Adiós.

— ¡Espera!

Iba a decirle lo que realmente pensaba. Iba a gritarle, a mandarla a cierto lugar, a insultarla. Iba a estallar, pero no pudo hacer nada: Puri había colgado.

13

El puesto de refrescos y bocadillos estaba lleno, como si se tratara de una isla en medio de un océano repleto de náufragos y muertos de hambre. Toni y Cristo se unieron a la masa de cuerpos y colores que trataban de llegar a la barra. Mientras esperaban, miraron los dos hacia donde se encontraban Cati y Neli. Formaban un «extraña pareja» femenina, tan distintas, tan atractivas. Y no eran ellos los únicos que las contemplaban, de cerca o de lejos.

Fue Cristo el que hizo la pregunta.

—¿Qué te parece?

—Una loca, pero creo que es divertida. ¿Por qué?

—Porque ya se nos ha pegado.

—A mí me parece que la ha adoptado Cati –repuso Toni esbozando una sonrisa–. Por lo menos hoy no es un perro abandonado, ni un gato solitario, ni un pájaro caído del nido.

—Bueno, así somos cuatro.

—¿Te gusta?

—¿Y a ti?

Se miraron el uno al otro, y ninguno de los dos contestó, porque no era necesario. Si alguno albergaba una vaga esperanza, debió de perderla al instante. Volvieron a mirar hacia las dos muchachas, que charlaban animadamente, como si fueran amigas de toda la vida. Neli era un poco más baja que Cati, delgada y larga de talle. A pesar del renacimiento de lo *hippy* en los noventa, su imagen era un tanto anacrónica, un residuo del pasado. Pero probablemente habría causado el mismo efecto vistiendo de otro modo. Su dulzura emanaba de todo su ser: de los ojos, los labios y las manos. Una dulzura ingenua y casi infantil.

Cuando llegaron a la barra pidieron cuatro bocadillos de salchichas y cuatro cervezas. Toni hizo ademán de pagar, pero Cristo se le adelantó diciendo:

—Guárdate la guita, que en la mili tendrás en qué gastarla.

El recuerdo de la mili ensombreció el rostro de Toni. Mientras Cristo pagaba, él puso mostaza a los cuatro bocadillos. Luego miró una vez más hacia Cati. Su falda larga y su cazadora tejana simbolizaban todo lo que más le gustaba de ella: la discreción y la sencillez, no exentas de feminidad.

—Vamos –dijo Cristo tras guardarse el cambio–. Coge los bocatas, y yo llevaré las cervezas.

Cuando lograron salir de la marea humana que les cerraba el paso se encontraron con las dos muchachas, que acudían en su ayuda.

—He puesto mostaza en todos –dijo Toni–. No sé si lo queríais con *ketchup*.

—Está bien así –le tranquilizó Cati.

—Eh, os lo debo, ¿vale? –indicó Neli–. ¿O preferís que luego pague yo una ronda? ¿Qué hacemos?

Su rostro suplicante no dejaba lugar a dudas. Las gradas del Palau Sant Jordi estaban ya repletas, y una compacta alfombra humana comenzaba a cubrir la pista, sobre todo en la parte delantera, frente al *back stage* de seguridad. Cuando Bruce saliera a escena sería imposible moverse.

—¿Dónde nos ponemos? –preguntó Cristo.

—Delante será imposible –manifestó Toni.

—Pero cerca, ¿no? –sugirió Neli, dejándose llevar por su ansiedad.

—Andando –ordenó Cati, e inició el descenso hacia la pista.

Y se sumergieron en el corazón de la fiesta.

Madrid, 21 horas y 45 minutos

—Señor Serrano, por favor.

Los vio aparecer como si llegaran de otro mundo. Eran cuatro: la del micrófono, el de la cámara, el del foco y el del sonido. Vaciló, y su mirada buscó por el pasillo una ayuda que no llegó.

Quizá no debería volver a abandonar la protección del piso quinto, aislado del mundo. Quizá.

—¿Sí?

—Estamos haciendo un reportaje sobre trasplantes, señor Serrano, y nos gustaría recoger el caso de su hija. Nuestro propósito es concienciar a la opinión pública, ¿entiende? Bastaría que nos contestara a un par de preguntas.

—Yo iba a...

—Sólo serán unos segundos, señor Serrano. Está todo a punto –miró a sus tres compañeros, que se pusieron inmediatamente en movimiento. El hombre del foco proyectó sobre la escena un torrente de luz blanca.

El señor Serrano se encontró con el micrófono en los labios. Al otro lado, el rostro de la mujer era blanco.

—Son las nueve y cuarenta y cinco minutos de la noche y estamos en el Gregorio Marañón con Paulino Serrano, padre de María de los Ángeles –la voz era suave, respetuosa, una voz de iglesia, pensó el hombre–.

53

Señor Serrano, ¿cómo se encuentra usted ahora que empieza la noche decisiva en esta carrera contra reloj para salvar a su hija?

—¿Yo? Yo estoy... bien, bueno, cansado, no sé.

—¿Qué le diría usted a la persona que tal vez tenga la llave de la vida de María de los Ángeles, si estuviera escuchándole ahora?

¿Qué le diría? Había lanzado el mensaje una docena de veces, por aquella cadena y por otras, y a través de la radio. Sin saber muy bien por qué recordó una conversación con el doctor Quiroga. Los datos, las estadísticas.

Y una sola realidad: su hija.

De prontó se oyó a sí mismo decir:

—Si María de los Ángeles... muere, daré sus órganos sanos para que otras personas puedan salvarse, o ver, o... mejorar su calidad de vida. ¿Qué más puedo decir?

—Hace unos días, el coordinador nacional de trasplantes, Rafael Matesanz, declaró que el futuro de los trasplantes está en los animales transgénicos, preparados mediante ingeniería genética de acuerdo con las necesidades de los enfermos. ¿Qué opina usted sobre eso, señor Serrano?

Miró a la cámara, cegado por la luz del foco, y luego a la periodista. La pregunta penetró despacio en su mente y quedó flotando durante unos segundos.

¿Qué opinaba?

—Si sirve para salvar vidas humanas...

—En Suecia se están haciendo ya implantaciones de islotes de páncreas de cerdo, y con éxito. En diez o quince años habrá seres humanos con corazones de animales. ¿Cree usted que...?

Diez o quince años.

¿De qué le hablaba aquella mujer?

Bajó la cabeza y cerró los ojos. Las palabras de la

periodista se perdieron en el vacío. Paulino Serrano respiraba con dificultad.

—Lo siento, por favor...

—Perdone. No quisiera...

Volvió a abrir los ojos. Los medios de comunicación podían contribuir a que se salvara su hija. Y se curara ella o no, habría otras muchachas mañana, pasado... Miró a su alrededor y advirtió que la cámara, el técnico de sonido y el foquista habían desaparecido de allí, y él ni siquiera se había dado cuenta de que el haz de luz se había apagado.

—Señor Serrano, ¿se encuentra bien? Siento...

—Perdóneme –se excusó él.

—No, al contrario –ahora fue evidente la sinceridad–. Es que todo el país está pendiente de esto, ¿comprende?

—Claro, claro.

Todo el país.

¿Y si no hubiera hecho por televisión aquel llamamiento desesperado?

—Le veré mañana, señor Serrano. Todo saldrá bien, ya lo verá.

—Gracias –suspiró él.

Ella le puso una mano en el hombro, se lo oprimió levemente y le dirigió una sonrisa de aliento y despedida. Dio media vuelta y se alejó en busca de su equipo.

Sin saber por qué, Paulino Serrano sintió en aquel momento que la amenaza de la soledad acechaba la paz que acababa de recuperar.

14

A las diez en punto se hizo la oscuridad en el Palau Sant Jordi, y los más de diecisiete mil espectadores liberaron la energía contenida en sus pulmones gritando con una sola voz, mientras treinta y cuatro mil manos se disparaban hacia las alturas.

Una linterna guió el paso de una solitaria figura por el escenario. Pese a la oscuridad, los más próximos reconocieron la forma de caminar, la manera de llevar la guitarra, la imagen perfilada por los destellos del haz luminoso, y sus gritos contagiaron al resto. Se reprodujo el clima de euforia, la solidaridad de un canto.

Entre Bruce y Barcelona había algo, estaba escrito. Era sabido y reconocido.

No hubo preámbulos. Se oyó el rasgueo de una guitarra y, casi inmediatamente, la voz, su voz, directa, sin artificios, ronca y áspera, interpretando un inesperado *Reason to believe*.

—¡Oh, Dios! –exclamó Neli, casi a punto de llorar.

La canción sobrevoló las cabezas de los asistentes, desgranada casi con la dulzura de una oración. Durante unos segundos estuvieron apagadas todas las luces, y algunos de los presentes iluminaron la oscuridad con mecheros y cerillas. Luego, el haz del foco frontal acarició el rostro de la estrella y fue aumentando poco a poco, hasta englobar en su interior la parte superior del cuerpo del cantante. Nuevos gritos saludaron esta etérea forma de iniciar el concierto.

La canción fue breve, un saludo, una tarjeta de visita. En cuanto se apagó la última nota, Bruce agitó los vientos del rock, elevó el tono de voz y gritó el característico:

—¡*One, two, three...!*

Se produjo la explosión. Mientras él cantaba y atraía la atención del público, el resto de la banda había ocupado sus puestos. Con el arranque final, el grupo en pleno conmocionó el ambiente, lanzando la primera tonelada de decibelios sobre una masa enfervorizada que empezó a saltar, bailar y brincar. Incluso en las gradas estaba todo el mundo de pie, con los brazos en alto, cantando, arrebatado por la comunión que acababa de establecerse con el escenario.

Eran las notas de *Born in the U.S.A.*

—*¡Bona nit, Barcelona!*

Llegó el primer delirio, y un Springsteen sonriente y lleno de vitalidad inició la entrega de todo su ser para que los devoradores de sensaciones pudieran alimentarse durante las tres horas siguientes.

La magia estaba liberada.

15

Tenían sed, pero no se decidían a ir hasta el puesto de bocadillos y refrescos porque no querían perderse ni un átomo de música, ni una vibración procedente del magnetismo del *Boss.*

—*This is a song...*

La reacción que provocó el tañido de su guitarra al iniciar las notas de *The river* le hizo sonreír. Fue la señal para que se encendieran de nuevo los mecheros y las cerillas.

—*Oh... Sou collonuts...* –exclamó interrumpiendo la canción.

Cati se vio literalmente desarbolada por un repentino abrazo de Neli.

—¡Creo que me va a dar algo! –gritó su nueva compañera.

—Pues ya hace una hora que te está dando algo –bromeó ella.

—Es que... –no pudo continuar: no encontró palabras para explicar lo que sentía. En su apasionamiento, abrazó otra vez a Cati y la besó con fuerza en la mejilla–. ¡Si no hubiera sido por ti, me habría perdido el día más importante de mi vida! ¡Eres genial!

Toni y Cristo intercambiaron una mirada rápida y silenciosa. Cati también era emotiva, pero dominaba mucho mejor sus sentimientos. A veces, incluso, le costaba exteriorizarlos, o al menos eso creían ellos. Estaban detrás de las dos chicas, porque eran más altos. Así que las tenían delante todo el rato.

—*This is a song* –volvió a repetir Bruce antes de cambiar de lengua–. *Per a tots vosaltres... per a tots el que volgueu ser lliures...*

El esfuerzo de silabear casi las palabras y de dar a cada una la acentuación precisa le valió otra ovación. Los mecheros y las cerillas llenaban todo el Palau de puntos luminosos.

La armónica, intensa, nostálgica, cargada de evocaciones a pesar del paso del tiempo, inició la interpretación de la historia de los dos adolescentes enamorados y atrapados por las circunstancias de su entorno.

Neli cogió a Cati de la mano. Y al terminar la introducción de la armónica, se puso a cantar, siguiendo el compás de la guitarra acústica y la voz de Springsteen.

> *I come from down in the valley*
> *Where, mister, when you're young*
> *They bring you up to do*
> *Like your daddy done* [1].

16

Cristo tuvo un estremecimiento. Creía ser un duro, y se sorprendía cuando experimentaba la debilidad de

---

[1] Soy de un valle
donde, señor, cuando eres joven,
te educan para que hagas
lo mismo que tu padre.

las emociones. Tenía a Cati delante, casi podía aspirar su aroma a pesar del humo del ambiente. Pero le fue imposible no cerrar los ojos mientras cantaba y se sumaba al gran coro del Palau. Hay momentos en que...

> *Me and Mary we met in high school*
> *When she was just seventeen*
> *We'd ride out of this valley*
> *Down to where the fields were green*
> *We'd go down to the river*
> *And into the river we'd dive* [2].

Era la perfecta sublimación. Odiaba la mediocridad, formar parte de la masa, pero en un concierto de rock ese sentimiento cambiaba, desaparecía. Entonces entraba a formar parte de algo mucho más grande e intenso, y se le erizaba el vello, su sensibilidad estaba a flor de piel y sus sentimientos fluían a borbotones. Sólo allí era capaz de agitar las manos, cerrar los puños en pleno éxtasis, cantar, repetir una y otra vez aquella leyenda musical: *Down to the river, down to the river, down to the river*. El río era la vida. Cati y él, los jóvenes de la canción. Pero Cati permanecía inalcanzable, tan cerca y al mismo tiempo tan lejos, y él extendía su alma en busca del gesto final que se los llevara en un arrebato.

¿O también su epílogo acabaría, como la canción, envuelto en tristeza?

Continuó cantando, gritando a pleno pulmón, inmerso en el dulce anonimato de cuantos eran como él y sentían como él.

---

[2] Mary y yo nos conocimos en la escuela superior
cuando ella tenía diecisiete años.
Conducíamos lejos de este valle
hasta llegar a los campos verdes.
Íbamos hasta el río.
Y en el río nos zambullíamos.

Sabía que sólo la música hacía posible aquel milagro.

17

Toni los miraba con un deje de envidia. Como ellos, era un adicto a Bruce, y la música formaba una de las grandes pantallas de su vida. Pero a diferencia de Cati, de Neli y de Cristo, nunca había sentido la necesidad de aprenderse una letra, e incluso era bastante negado para eso. Podía oír mil veces una canción, y no ser capaz de repetir más que una frase, o el estribillo si se trataba de una estrofa machacona. Además no sabía inglés, el idioma del rock. En cambio conocía el tema, sabía su significado, porque había leído una biografía del *Boss* y un libro con la traducción de todas sus letras.

A su lado, Cristo aullaba sin reparos, enardecido, contagiado por el magnetismo de las diecisiete mil almas gemelas que latían al mismo compás. Frente a él, Neli derramaba su vitalidad ingenua, capaz de conmocionar. Era una chica desbordante, con algo parecido a una pureza de espíritu. Un ser libre y sin inhibiciones, como una pintura *naif*.

Y luego Cati.

Deseó con todas sus fuerzas besarla. En aquel momento mágico se sentía lo bastante fuerte como para cogerla y abrazarla. Pero sentía también el poder del miedo y de la timidez, que lo atenazaban y lo alejaban de ella, a pesar de la proximidad. El instante tenía todo para ser sublime, pero...

Una furia desesperada agitó su alma.

Y se puso a gritar en el momento en que la canción concluía, el público prorrumpía en una ovación cerrada, Neli saltaba, Cristo silbaba y Cati aplaudía. Gritó y gritó, liberando su tensión, mientras la armónica de Springsteen prolongaba el eco de la historia, el sonido de un amor adolescente que se ahogaba en el largo río de la esclavitud humana. Gritó hasta enloquecer, sabiendo que nadie le miraría, que nadie le creería, que nadie se burlaría de su paroxismo.

Tal vez tardase mucho en poder volver a hacerlo, todo lo que durase su maldita condena, la tiranía de la disciplina, el sometimiento.

El largo tiempo del adiós, tras el cual nada volvería a ser lo mismo.

Madrid, cero horas

Desde el control central, las enfermeras vigilaban los indicadores de cada paciente. A veces, una de ellas entraba en una habitación y volvía a salir a los pocos momentos. Los acompañantes se asomaban de cuando en cuando a los pasillos en busca de una solidaridad que, si bien existía, podía convertirse en egoísmo cuando llegaba el momento de la verdad. Todos los que ocupaban las llamadas «habitaciones 5400», entre las que se hallaba la de María de los Ángeles, tenían la vida pendiente de un hilo. En realidad, toda la planta quinta estaba dedicada a la cardiología, y cada latido era allí una escaramuza en la lucha contra la muerte.

Paulino Serrano recordó otro hospital, otro pasillo: aquel en que, dieciséis años antes, nació María de los Ángeles, y él recibió la noticia, las palmadas, las felicitaciones y, finalmente, pudo tenerla en sus brazos y mirarla a los ojos.

Un soplo de tiempo.

Miró la hora en el mismo reloj que entonces, el de su padre.

Medianoche.

Llegó al centro de la cruz que formaban las cuatro alas de la planta, y de pronto se sintió cobarde, como si huyera de algo o tratara de escapar del dolor que se agazapaba en la habitación de su hija. Mercedes no salía de allí, como si fuera ya un componente de aquel pequeño y aséptico recinto.

La tensa espera de las últimas horas se acercaba al punto sin retorno.

Dio media vuelta y, con la cabeza baja, mirándose las puntas de los zapatos para no ver nada de lo que sucedía a su alrededor, volvió lentamente a la habitación de su hija.

El miedo le pesaba una tonelada.

18

La luces del Palau Sant Jordi se encendieron después del largo y extenuante tercer bis, que había llevado el concierto a las tres horas y veinte minutos de duración. Los ecos de *Light of day* revoloteaban aún en el ambiente, impulsando pies y acelerando corazones. Algunos espectadores se sentaban en el suelo, sobre la moqueta que cubría el piso del pabellón deportivo, que al hacerse los primeros claros aparecía llena de vasos, de colillas y de suciedad. Otros salían con rapidez, para llegar pronto a los coches y las motos, los autobuses y los taxis. Pero la inmensa mayoría se movía perezosamente: avanzaba sin prisas bajo el efecto de la catarsis sonora, como si tras la última nota hubiera quedado derrengada y sin un ápice de la energía que había dilapidado durante el concierto.

Cristo encendió un pitillo y le ofreció el paquete a Neli. No hizo lo mismo con Cati y con Toni, pues ninguno de los dos fumaba. La *hippy*, en cambio, parecía una chimenea, una máquina de consumir nicotina. A veces fumaba compulsivamente, tal vez por efecto de su tensión emocional.

—¡Qué fuerte! ¡Ha sido genial! –resumió una vez más mientras lanzaba hacia las alturas una nube de humo.

Por una de las escalinatas alcanzaron la grada principal y el nivel del suelo exterior. Hicieron este recorrido en silencio, dejándose arrastrar por la corriente humana, que fluía incesante. Al salir del Palau y recibir el fresco impacto de la noche, comprendieron que tal vez era aquél el punto de su separación. Cati se encontró con los ojos de Neli, que la miraban casi con desesperación y envolvían en una muda súplica su necesidad de compañía.

—¿Qué vas a hacer ahora? –preguntó inesperadamente Cristo.

Neli se encogió de hombros. Apartó sus ojos de los de Cati.

—No lo sé, no tengo ningún plan. Pero, desde luego, no pienso hacer autostop a estas horas de la noche.

—¡No pensarás tumbarte en cualquier parte! –quiso saber Toni.

—Daré una vuelta por ahí, y cuando amanezca, iré a la autopista.

—¿Te esperan a alguna hora? –se interesó de nuevo Cristo.

—No... Bueno, mis padres no saben que estoy aquí, y menos que he venido sola. Les dije que iba a dormir a casa de una amiga.

—Como te descubran, se te cae el pelo –vaticinó Toni.

—¡Eh, vamos, tío! –le dio un golpe cariñoso en el estómago–. ¡Era Bruce! –sonrió feliz al recordarlo–. ¡Una tiene que hacer algo en la vida para que valga la pena!

63

El tono exultante y despreocupado con que dijo estas palabras hizo enmudecer a los dos chicos. Se encontraban ya cerca de la cascada. Podían separarse al otro lado de las escaleras o bajar juntos por Montjuich hasta abajo. Finalmente fue Cati la que decidió, tras echar una rápida y silenciosa mirada a sus dos compañeros.

La última noche de Toni.

No quería imponerles nada, ni molestarlos. Pero prefería no tener que estar sola con ellos durante toda la noche.

Demasiados sentimientos.

—Nosotros vamos a tomar algo. ¿Por qué no te vienes? –sugirió.

Los ojos de Neli saltaron de gozo.

—¿Puedo...? ¡Oh, sois geniales! –cantó de nuevo, flotando en una nube de felicidad–. ¡Claro que voy! ¡Dios mío! Esta mañana sabía que mi destino me tenía deparado algo bueno, ¡lo sabía! Cuando me he encontrado aquí, sin entradas, he dudado de mi sino por un momento, pero... algo me decía que todo podía cambiar en un santiamén. ¡Y así ha sido! ¿No creéis en el destino? Vamos, la noche está empezando –se cogió del brazo de ellos, que no ofrecieron la menor resistencia, desbordados por su contagiosa vitalidad–. ¡Bruce, Bruce, si me vieras ahora...!

E inesperadamente se puso a cantar:

> *We gotta get out while we're young*
> *'Cause tramps like us*
> *Baby, we were born to run* [3]

---

[3] Tenemos que salir de aquí mientras seamos jóvenes.
Porque vagabundos como nosotros,
nena, nacimos para correr.

SEGUNDA PARTE

La noche

D...

Los dos protagonistas, empujados por el *crescendo* de la música y por la tensión acumulada a lo largo de las dos horas de proyección, se abrazaron apasionadamente, despreocupándose de su aspecto lamentable, del sudor, la suciedad y el sinfín de penalidades superadas hasta llegar al clímax. Se miraron un instante a los ojos. Después cayeron, impulsados por el deseo y el amor que les estallaba entre las manos. La música coronó el casto beso en blanco y negro, y la dos palabras de rigor iluminaron la pantalla por encima de ellos: *The End.*

Leonardo cerró los ojos, dejó caer la cabeza hacia atrás y apagó el televisor con el mando a distancia, que tenía a mano para zapear durante los cortes publicitarios. Apuntó con él al aparato, y el silencio que siguió a su gesto se le antojó peor que la peor de las batallas que acababa de ver en la vieja película de los años cuarenta.

Un silencio que ocultaba todas las burlas, pero no para hurtarlas a su conciencia, sino para que se lanzaran contra él desde cualquier rincón del pequeño apartamento.

No tenía sueño. No tenía valor para enfrentarse a su cama vacía. No tenía el menor deseo de claudicar y aceptar su derrota.

Comprobó la hora en su Rolex. No todo se lo había llevado ella. Luego miró las llaves del BMW, depositadas sobre la mesa. Aún conservaba los signos visibles de su rango, de su categoría, de su posición. El reloj y las llaves formaron un triángulo equilátero con él. Un triángulo que encerraba la nada.

Se rebeló.

Se puso en pie, temeroso de que la depresión le aplastara aún más. Dio un paso hacia ninguna parte. Le bastó para llegar al final del camino y comprender que no era una buena noche para quedarse en casa. Entonces se sintió mejor, como si aquella decisión hubiera sido fruto de un gran esfuerzo y no de un razonamiento sencillo.

Salir, ésa era la clave.

La noche era la selva, y él un depredador.

Tres pasos para entrar en la habitación. Otros tres para alcanzar el cuarto de baño. Lo odiaba: sin bañera, sin ninguna comodidad. Era el mayor exponente de su provisionalidad. Examinó su aspecto en el espejo, y mientras decidía afeitarse se quitó la camisa. La arrojó al suelo, detrás de la puerta, sin apartar los ojos de su figura: todavía tenía el cuerpo bien torneado, aunque debía volver al gimnasio en cuanto pudiera, en cuanto acabase la tormenta. Ahora no se sentía con humor. Pero debía cuidarse más que nunca. El Rolex y el BMW no lo eran todo, ni los trajes caros, ni la tarjeta de crédito, cuyo uso tendría que restringir en los próximos meses. Control.

Ya saldría del túnel, y entonces...

Comenzaría por aquella noche. Una perfecta prueba de fuerza.

Al diablo el pasado, incluidas sus viejas amigas. Él les demostraría quién era.

Tarareó una canción, no sabía cuál y tampoco le importaba. Lo único que necesitaba era acompañarse a sí mismo durante los minutos que tardaría en salir de aquella ratonera dispuesto a empezar de nuevo.

Madrid, una de la madrugada

Eran las enfermeras del turno de noche. Habían entrado a las diez, como todos los días. Se encontró con su sonrisa sin darse cuenta de que estaba junto al mostrador desde el que se controlaban las vicisitudes de todos los pacientes de la zona. El gran tablero circular estaba lleno de aparatos desconocidos para él, árbitros de la vida y la muerte.

Testigos de la realidad.

—¿Cómo se encuentra, señor Serrano?

—Bien.

—¿Y su esposa? Acabo de verla en la habitación, pero ni siquiera se ha dado cuenta de que he entrado.

—¿Por qué no le dan un sedante para que duerma?

La mujer sonrió de nuevo. Era agradable, eficiente y hermosa. Llevaba el nombre en una placa pegada a la solapa. Alicia. Bueno, aquél no era precisamente el País de las Maravillas.

—También usted debería descansar, ¿sabe?

—Sí.

—Cuando le llegue el momento de estar despejado, no se tendrá de pie.

Había esperanza en sus palabras. Quería decir: cuando haya pasado todo y María de los Ángeles esté bien, usted no podrá con su alma. Pero si su hija vivía, ¿qué importancia tenía que él no se tuviera de pie? Además, la alegría le daría toda la fuerza necesaria.

Se acercó más al mostrador. Era la primera vez que lo hacía. La cordialidad de la enfermera facilitó la satisfacción de su extraña curiosidad. Vio aparatos, pantallas con líneas que se movían, subían, bajaban, oscilaban, vibraban...

—¿Cuál es el de mi hija? –preguntó.

—Éste.

En las películas de ciencia ficción, todo parecía muy moderno; allí, en cambio...

—¿Cómo...?

La enfermera le contestó antes de que acabara la pregunta.

—Este monitor refleja ininterrumpidamente los electrocardiogramas de los pacientes. Está programado de acuerdo con unas pautas de presión arterial normalizada y nos alerta en cuanto se produce un cambio, una arritmia o algo peor. Esto...

La escuchó durante un par de minutos. Le gustó que le tratara como a un igual, no como al padre de una paciente grave, al que hay que engañar, tranquilizar o despistar. La enfermera hablaba con tranquilidad y, así, le hacía ver que no tenía por qué pasar nada, que María estaba en buenas manos.

Aquella mujer le ayudaba a mantener la serenidad.

—...así que las ventosas que tienen los pacientes en el cuerpo recogen todas sus constantes vitales.

—Entiendo –mintió.

—Además –le animó ella–, a esta hora suele haber mucha calma. No es el caso de su hija, claro, pero la mayoría de los enfermos de corazón tienen su hora crítica entre las cinco y las seis de la madrugada.

—¿Por qué hay más problemas entre las cinco y las seis?

—Es casi un misterio –Alicia se encogió de hombros–. Según parece, tiene algo que ver con los ciclos circadianos, y no me haga que le explique qué es eso o soñará conmigo y tendrá pesadillas el resto de sus días. Entre las cinco y las seis de la madrugada, la sangre es más coagulable, las plaquetas tienen más tendencia a agregarse, se elevan los niveles de adrenalina y aumenta la tensión arterial. Todo eso contribuye a que aumente el riesgo de infarto.

—Es increíble.

—Somos un misterio, ¿verdad? Todavía nos queda mucho que aprender de nosotros mismos.

—Mi hija estaba bien hace unas semanas.

—Y dentro de unas semanas más; todo esto no habrá sido más que un mal sueño, ya lo verá. Encontraremos un donante.

Hablaba en serio, convencida. Lo vio en sus ojos. Y le infundió confianza.

19

Toni detuvo el coche al otro lado de la calle. Desde allí otearon el panorama, la puerta del *Cul-de-sac's*. Ya se veía gente y se adivinaba que en su interior había ambiente, aunque no tanto como otras veces. Fue Cristo el que tomó la decisión.

—Vamos. Aquí por lo menos hay rollo y música en vivo.

—¡Qué suerte tenéis en Barcelona! –comentó Neli–. Bares y pequeños clubes con grupos dando caña.

—¿Qué haces? –protestó Cristo, que iba a bajar, al ver que Toni reemprendía la marcha.

—¿Qué quieres que haga? Aparcar.

—¡Déjalo en doble fila aquí mismo, hombre! Ya dirán algo si...

Toni no le hizo caso. Ni siquiera le recordó que la grúa se lo había llevado de allí mismo tres meses antes, en una noche de lluvia en la que habrían jurado que no era posible tal cosa.

—¡Al menos podías habernos dejado bajar! Después de aguantar todo el concierto de pie.

—¿Discuten mucho? –le preguntó Neli a Cati.

—Sólo cuando están juntos.

—Tú no eres demasiado habladora, ¿verdad?

—Sólo cuando estoy con ellos –bromeó Cati–. No, en serio. Esta noche me siento tan a gusto y en paz, después del concierto, que me parece flotar.

—A mí me encanta hablar.

Dieron una primera vuelta a la manzana, sin éxito. Cuando volvían a enfilar la calle donde se hallaba el local, Cristo dijo que él se bajaba en la puerta y Toni podía ir a aparcar al Tibidabo, si le apetecía. Acababa de hacer esta declaración de principios cuando, a unos metros, un coche encendió las luces, dispuesto a dejar su aparcamiento.

—¡Ahí, ahí! –gritó Neli, como si los otros no lo hubieran visto.

—Ahora se te pondrá alguien en doble fila y no te dejará salir, ya lo verás –sentenció Cristo.

Toni aparcó a la primera, pese a la angostura del espacio. Bajaron del coche y emprendieron la marcha por parejas: Cristo y Toni delante, Cati y Neli detrás. Los grupos de la calle los observaron, sobre todo a las dos chicas, y particularmente a la *hippy,* que volvía a fumar.

Loren, un camarero que los conocía, también se fijó en Neli cuando entraron. Se les acercó sonriendo de oreja a oreja y sin apartar los ojos de la novedad.

—¿Qué, venís de ver al *Boss*?

—Sí –respondió Toni.

—¡Qué suerte, pijos! ¿Y qué tal?

—De fábula.

—Claro –asintió plegando los labios–. ¡Ya podía haber actuado ayer, que era mi noche libre!

—¿Hay alguien? –pregunto Cristo mirando hacia dentro, donde sólo la mitad de las mesas estaban ocupadas frente a un pequeño escenario.

—No –dijo Loren–. No sé si será la hora, el concierto o qué, pero para ser viernes...

—Exámenes, colega, exámenes –le advirtió Cati.

—¡Jo, cómo os lo tomáis! –miró a Toni y, de pronto, pareció recordar algo–. Tú qué, ¿a punto?

—Calla, hombre, que ahora no pensaba en eso –se abatió el aludido.

Loren le dio una amistosa palmada en el hombro y los empujó hacia el interior.

—Vale, sentaos un rato, que ahora os atiendo –se despidió momentáneamente.

Y siguió mirando a Neli mientras los cuatro se dirigían a una de las mesas más próximas al escenario.

20

Neli apagó el cigarrillo en el cenicero y automáticamente metió la mano en la bolsa para coger el paquete y sacar otro. Ni siquiera miró dentro. Sabía exactamente dónde encontrar su objetivo en aquel cajón de sastre.

—¿Qué llevas ahí dentro? –se interesó Cristo.

—Te gustaría saberlo, ¿eh? –Neli le guiñó un ojo–. Pues entérate de que ningún ser humano, salvo yo, ha metido jamás la mano ahí dentro. Está llena de trampas para ratones y víboras.

—Pero ¿qué llevas? –insistió Cristo.

—Cosas –mantuvo el misterio Neli–. Una chica debe tener a mano lo más necesario siempre que está fuera de casa, y mucho más cuando recorre trescientos cincuenta kilómetros para ver al *Boss*.

—Eres increíble, tía.

—Sí, ¿verdad? –asintió la aludida.

—A pesar de que fumas demasiado –puntualizó Toni agitando una mano para quitarse de los ojos el humo del cigarrillo que Neli acababa de encender.

—Lo sé, lo sé –lamentó la pelirroja–. Hago vida sana, soy vegetariana, pero estoy completamente enganchada al tabaco. Y es que no sé qué hacer con las manos, ¡en serio! De todas formas mi lema es «vive y deja vivir», así que...

—Capto el mensaje –respondió Toni.

—Tranqui, hombre –de pronto pareció recordar–. Oye, ¿a qué se refería el camarero cuando ha dicho que estás a punto?

—Me voy a la mili el lunes.

Neli se quedó boquiabierta. Fue como si saliera de una realidad apacible para adentrarse en otra lóbrega y tenebrosa, o como si descubriera de pronto que la vida diaria continuaba y seguía demostrando constantemente a los seres humanos que la felicidad perfecta no existe.

—¡Qué fuerte! –exclamó con vehemencia.

—El país necesita héroes –se burló Cristo.

—¿Por qué no te has hecho objetor o algo de eso? –siguió Neli, ignorando el comentario.

—Es una larga historia –dijo Toni.

—Así que éste es tu último fin de semana, ¿no?

—Mi última noche más bien.

La reacción de Neli fue completamente espontánea y tan fulminante que cogió por sorpresa a todos, en particular a Toni. Le echó los brazos al cuello, le dio un beso en la mejilla, le estrechó con vehemencia y finalmente cantó:

—¡Pues hay que lograr que la pases de primera! ¿Vale?

Él se limitó a mirar a Cati, que sonreía alucinada pero divertida.

—Yo me voy el próximo año –dijo Cristo levantando un dedo.

Neli volvió a ignorarle. Observó la dirección de la mirada de Toni y separó sus brazos del chico, aunque siguió hablando en tono alegre y emotivo.

—¿De qué signo sois? –quiso saber.

—¿Crees en esas cosas? –preguntó Cati.

—Creo en el destino y en todo lo que lo configura, ya os lo he dicho. Venga, ¿de qué signo eres? –insistió, dirigiéndose a Toni.

—Géminis.

—¡Ahí va! Dual, complicado, dos caras... Menuda mezcla. ¿Tú?

—Capricornio –contestó Cati.

—Alegre, vital...

—No hace falta que sigas: la loca del zodíaco.

—¡No! –gritó Neli feliz–. ¡La loca soy yo! ¡Sagitario! ¡El payaso del Zodíaco! –finalmente se dirigió a Cristo–: Tú eres Leo, seguro.

—Virgo –rectificó él.

—¡No puedo creerlo! –replicó Neli con cara de pasmo.

—¿Por qué?

—Das otra imagen, ya ves. Incluso Acuario, o cosillas de Tauro, pero Virgo... Lo llevas bien escondido.

—¿Qué les pasa a los Virgo?

—Que son la leche, tío. Obstinados, dispuestos a todo para salirse con la suya, trabajadores cuando les

da la neura, capaces de pasar por encima de quien sea...
Bueno, también cuentan los ascendentes, naturalmente.
¿Cuál es tu...?

No pudo terminar la pregunta: apareció Loren con
un bloc y un lápiz en la mano.

—Bueno —dijo—, ¿qué va a ser?

21

—¿A qué te dedicas en Zaragoza?

—Soy una currante, Cati. Ya ves, a mis años.

—¿Algo interesante?

—¡Oh, sí, mucho! –puso cara seria, frunciendo el
entrecejo–. Dependienta en unos almacenes. ¿Cómo lo
ves?

—Es un trabajo como otro cualquiera: da dinero e
independencia económica –aseguró Cati.

—Naturalmente, no pienso pasarme la vida en eso
–afirmó Neli–. Tengo mis planes. El mundo es demasiado grande para quedarte en el mismo sitio mucho
tiempo.

—¿Y cómo estás aquí? –Toni mostró su extrañeza–.
Se supone que mañana trabajarás y que hoy lo has hecho hasta cierta hora, ¿no?

—Esta mañana me he desmayado en el trabajo –respondió ella sonriendo abiertamente–. Lo hago muy bien,
¿sabes? Pongo los ojos en blanco, así... ¡y zas!, al suelo.
Lo único que necesito es cuidar dónde caigo. Le he robado el corazón a mi jefe.

—Genial; me apuntaré el sistema –exclamó Cristo.

—No lo hago a menudo; pero a veces vale la pena,
como hoy. Es un buen truco. Me envían al médico de
los almacenes, que no tiene ni idea y, para curarse en
salud, siempre te manda a casa. Hoy me ha dicho que

descansara el fin de semana y que no volviera hasta el lunes. Y yo había dicho en casa que al salir del trabajo me iría con una amiga y me quedaría a dormir en su casa. Todo perfecto.

—Tendré que aprender a desmayarme –dijo Toni–. Aunque dudo que en el ejército reaccionen como en tu trabajo.

—Bueno, las chicas tenemos otros trucos –prosiguió Neli, guiñándole un ojo a Cati–. Yo también me lo monto muy bien con el período. Digo que tengo unos dolores espantosos y funciona, aunque claro, sólo una vez al mes.

Al ver la reacción de Cristo ante la franqueza de Neli, Cati cambió rápidamente de tema.

—¿En qué departamento estás? –se interesó, para disgusto de su amigo.

—Nunca lo dirías –la chica enderezó el cuerpo con picardía y miró a los tres con gesto de suficiencia, aunque la respuesta iba dirigida a Cati–. Vendo lencería fina, *bodys*, braguitas y esas cosas –dijo, y le propinó un codazo a Toni, entrecerrando los párpados con misterio–. Te encantarían las chicas que van a curiosear. Por lo que compran o lo que les gusta, descubres cómo son. De la ropa interior de la gente se puede aprender mucho –ahora miró a Cristo–. Y os asombraría ver la cantidad de chicos que vienen en busca de «cositas» para sus novias. Es de alucine.

—Nunca se me ocurriría comprarle... «eso» a una chica –manifestó Toni.

—Porque aún no estás enrollado, querido. Es un regalo genial, y no sólo por la intimidad. Ahí se ve quién tiene gusto y quién no. Los chicos siempre veis a las chicas desde vuestra perspectiva, y yo diría que la mayoría de las veces metéis la pata.

—¿Quieres decir que lo que uno se lleva refleja lo

que piensa de la chica o lo que cree que es? –inquirió Toni.

—Ni más ni menos –le puso una mano en el brazo con delicadeza–. Y, por favor, no me exijas ahora una conferencia sobre Gustos y Manías de la Juventud Española en Materia de Ropa Interior y Criterios de Selección según la Moderna Psicología –dijo, y se rió ella misma de su ocurrencia. Luego bebió un largo sorbo del vaso que tenía delante y que apenas había tocado.

—¿Ligas mucho? –preguntó Cristo.

—No –se encogió de hombros con indiferencia–, aunque siempre hay algún gracioso que quiere que te pruebes las cosas para ver cómo le sentarían a la otra. De todas formas he pedido el traslado a la sección de discos. ¡Eso sí sería una pasada! Seguro que sé más que entre todas las que están allí.

Volvió la cabeza al oír un ruido. Había movimiento en el escenario. Un muchacho le quitaba la funda a un Yamaha, un segundo comprobaba los ajustes de la batería y otros dos tenían guitarras en las manos. Neli miró entusiasmada a sus tres compañeros.

—¡No me digáis que toca gente ahora!

—Claro, por eso hemos venido.

—¡Bien! –apretó los puños con determinación–. ¡Ah, me encanta Barcelona! Pero en Zaragoza hay más marcha de lo que muchos creen –cogió afectuosamente a Toni una vez más–. Venga, hombre, anímate y no te pongas triste. Ya verás cómo pasa todo volando. ¿A dónde te mandan?

—A Melilla.

—¡Con los moros! Sopla... ¡Qué putada, chico!

Advirtió que Toni tenía otra vez los ojos fijos en Cati, y calló rápidamente.

Luego se separó de él, aunque Cati estaba ya más pendiente del escenario que de ellos.

22

Ahora eran cinco los músicos: un quinto elemento, con un bajo, se había sumado a los que ya se preparaban para tocar. Entre tanto, el local se había ido llenando, y las mesas estaban ocupadas. En la barra bebían y charlaban algunos descansados, como una docena y media. Al darse cuenta de que la actuación iba a empezar, dos de ellos se acercaron a la mesa que ocupaban los cuatro, en la que quedaban dos sillas vacías. Era una buena mesa, casi frente al escenario, así que se interesaron inmediatamente por ella.

—Hey, colegas, ¿hay alguien ahí? –preguntó el primero.

—No –dijo Cati.

Se sentaron. Cada uno llevaba su botella de cerveza en la mano, y aunque no estaban borrachos, por el color rojizo de sus ojos se advertía que se hallaban ya ligeramente achispados. Llevaban el pelo largo, muy largo, y vestían vaqueros y camisetas. El que había hecho la primera pregunta se dirigió a Cristo.

—¿Has venido a tocar o a ver?

—A ver. ¿Quiénes son ésos?

—Bah, nada. Aficionados –respondió despectivamente el chico–. Aunque a ti, que estás metido en esto, a lo mejor te suenan de algo. Se llaman Petanca Olímpica.

—Ni idea.

—Yo conozco al bajo, que es el que lleva la batuta –apuntó el otro–. Es buen tío.

Los ojos de Neli volvieron a brillar.

—¿Tocas algo? –preguntó a Cristo.

—Lo que puedo –contestó el aludido, e hizo ademán de cogerla por encima de la mesa, pero Neli lo detuvo con un manotazo y emitiendo un grito, casi un chillido.

—Va, dime, en serio –insistió.

—Le doy a la guitarra –confesó Cristo.

—Le da bien a la guitarra –aclaró Cati.

—¡Uao! –Neli parecía flotar extasiada de admiración–. Me gustaría oírte.

—Eso es fácil –dijo Toni–. Aquí, cuando termina el grupo, puede salir cualquiera y enrollarse solo o con ellos. A veces se montan *jams* de puta madre.

—A mí no me liéis –advirtió Cristo.

—Venga, hombre –Neli le puso ojitos tristes–, que yo sólo estoy aquí esta noche.

—Si te pones así, aún se hará más de rogar –advirtió Cati–, aunque se muera de ganas de salir.

—¿Lo harás por mí? ¿Eh, lo harás por mí? –le cogió una mano a Cristo y se la acarició con ternura.

Esta vez, los ojos de Cati se encontraron finalmente con los de Toni.

Y leyeron sus sentimientos.

Toni no sabía tocar la guitarra, no sabía hacer nada, únicamente esperar. Eso es lo que decía a gritos su mirada, mientras Neli continuaba «seduciendo» a Cristo con su inocente y calculada dulzura.

Madrid, dos horas y treinta minutos

Puso una mano en el hombro de su mujer. A veces creía que hacía una eternidad que no la tocaba, que no la sentía. Era como si los separara una distancia insalvable, como si ella estuviese colapsada para todo lo que no fuera la realidad presente en aquella cama, atrapada en un mundo silencioso, espantosamente solitario, en el que no dejase entrar a nadie, ni siquiera a él y a su dolor.

Esta vez, sin embargo, ella apoyó su mejilla en esa mano.

Tan rendida como necesitada de su caricia.

Cinco segundos nada más.

Suficientes para sentir una porción de amor, de afecto compartido, de debilidad frente a la resistencia que ella se había impuesto durante las últimas semanas, desde que el estado de María empezó a empeorar fatalmente.

—Deberías descansar.

No hubo respuesta. Paulino se sentó a su lado y la miró fijamente. Pero ella no apartó la vista de su hija.

—Mercedes –insistió–, ¿cuánto tiempo llevas sin dormir?

Muy despacio, como si abstraerse de una realidad para enfrentarse a otra fuera lo más difícil del mundo, volvió la cabeza para mirar de frente a su marido. Y pareció descubrirle, recordar que estaba allí, con ella, afrontando la misma adversidad.

Levantó una mano y le acarició la mejilla sin afeitar.

—Qué más da –susurró.

—Acabarás reventada.

—Quiero pasar con ella estas horas, Paulino –dijo con voz opaca–. Puede ser la última vez que la veamos viva. No soportaría dormirme y...

Se rebeló ante esa idea, ante la pérdida que significaba. El contacto se interrumpió, la mano volvió a la cama y estrechó la de la hija, y los ojos se clavaron nuevamente en su rostro. El marido sintió la derrota, pero ya no dijo nada.

Después de todo, él había perdido la esperanza mucho antes, presa de un fatalismo que la noche acentuaba con su silencio.

23

No eran muy buenos, más bien podía decirse que rozaban la mediocridad; pero era, en parte, por las circunstancias. De un lado, la falta de ensayos y de oportunidades de tocar en directo –el drama de todos los grupos–; de otro, la supeditación de los dos guitarras al liderazgo del bajista, que los condicionaba mucho. Hasta resultaba ilógico que hubiera dos guitarras, aunque su concurso se equilibraba por la escasa técnica de ambos. Petanca Olímpica cultivaba un rock elemental que bebía de un sinfín de influencias, cosa que era característica del momento internacional, desde agresivos y poco efectistas toques *heavy* hasta ínfimos intentos pop. Los dos extremos malograban el punto medio, que hubiera sido más acorde con las posibilidades del conjunto. Además, estaba su edad: el batería rondaría los quince años, el bajista los veinte, mientras que los otros tres estarían entre uno y otro.

El número –de Stanley Clark, ¿cómo no?, aunque lo mejor de la noche había sido un remedo de Jaco Pastorius– tocaba a su fin envuelto en la cadencia rítmica del sonido del bajo. Se produjo un parón, los dos guitarras se enzarzaron en una «discusión» sónica, subiendo el nivel, y en la explosión final el batería machacó los platos demostrando sus posibilidades y su rapidez. Luego, el bajo desgranó las últimas notas, hasta un *boom* supergrave, que puso punto final al tema y, pese a la brevedad de la actuación, al supuesto *show*. Se oyeron algunos aplausos tímidos, dos o tres más fuertes y varios silbidos y gritos de ánimo.

Neli fue de las que más aplaudieron y, por supuesto, la primera que expresó su impresión con un punzante:

—¡U-hu!

El grupo saludó desde el escenario. El teclista, el más flojo de los cinco, parecía el más feliz, o quizá era el extravertido de la banda, el loco de turno, aunque este papel suele quedar reservado a los baterías.

El bajo tomó el micrófono con una mano y empezó a hablar.

—Y ahora, como ya sabéis, si alguno de los presentes quiere subir aquí arriba, puede continuar esto.

Neli miró a Cati en busca de ayuda. La muchacha empujó a Cristo por la espalda, clavándole un dedo como si fuera un taladrador.

—Vamos, sal –le dijo–. No te hagas de rogar.

—Que no –y bajó la voz para insistir–: ¡Son malísimos, Cati!

—No te cortes, tío –le apremió uno de los dos que se habían sentado con ellos en la mesa.

—¿Qué pasa? –rezongó el otro–. ¿Son demasiado buenos o demasiado malos para ti?

—¡Venga ya, figura! –pidió de nuevo Neli.

El movimiento de la mesa atrajo la atención del conjunto, así como la de los ocupantes de las mesas próximas.

—¡Parece que hay un tímido entre nosotros! –anunció el líder de Petanca Olímpica.

Toni no se movía. Presenciaba la escena como si no fuera con él, como si se desarrollara en otro mundo. El más alto de los dos que se habían sentado a la mesa se levantó, señaló a Cristo y pidió que la gente batiera palmas para acabar de decidirle. Más que entusiasmo, lo que hubo fue inercia, ganas de marcha, de continuar con la música. Finalmente, Cati y Neli empujaron a Cristo y le obligaron a levantarse, cosa que hizo protestando tímidamente.

—Si tuviera mi guitarra...

Los aplausos subieron de tono, y algunos que conocían su técnica gritaron:

—¡Dale, Cristo!

Neli saltaba ya en su asiento, sin apartar los ojos de Cristo. Silbaba y aplaudía con el mismo fervor que en el concierto de Springsteen.

El bajista de Petanca Olímpica recibió a su invitado

en el escenario. Le puso amistosamente una mano en el hombro y le preguntó cómo se llamaba y qué tocaba.

—Me llamo Cristo –dijo él–. Toco la guitarra.

—¿Cuál prefieres? –señaló las de sus dos músicos.

—La Fender –indicó Cristo.

El guitarrista se la tendió, luego bajó al camerino en busca de otra, para no perderse la *jam*. Mientras le esperaban, el bajo se dirigió nuevamente a Cristo:

—¿Prefieres entrar tú y que te sigamos, o al revés?

—Entraré yo –dijo rápidamente Cristo.

Regresó el guitarra, con una magnífica Ibanez Artist. Cuando el público dejó de aplaudir, los del grupo esperaron a que Cristo iniciara el tema. El muchacho ya estaba probando el sonido, la perfecta armonización de las cuerdas, su afinamiento. Eso le duró unos segundos. La concentración fue algo más larga.

Mientras la adquiría, echó una mirada a su mesa: Neli lo observaba expectante, Toni estaba serio, Cati sonreía.

Ya no apartó los ojos de ella.

Dejó caer su mano derecha sobre las cuerdas, y bastó aquel gesto, aquel primer sonido, para que la gente comprendiera que en los minutos siguientes el largo vuelo del rock iba a prolongarse con fuerza por su espíritu.

Revivieron los gritos y silbidos.

Cristo se sumergió en ellos y se dejó arrastrar por la música que fluía de su interior.

24

El grupo, antes mediocre, se crecía ahora, impulsado por el fulminante ritmo de Cristo. Como en tantas *jams* en las que no hay más pauta que la libertad de cada músico, aquélla era a los cinco minutos una intensa progresión de estímulos. Bajo y batería se limitaban a llevar el ritmo. El teclista jugaba con una cascada de murmullos y ráfagas que servían de colchón al juego de las tres guitarras, Cristo era el solista, y los otros dos pinzaban o rasgaban cuerdas en busca del equilibrio. Nadie cantaba, no era necesario, máxime en una improvisación, aunque el nuevo protagonista de la noche empleara todos sus recursos en busca del marco adecuado para su versátil y flexible intervención. El público, muy atento al escenario, mostraba su entusiasmo sin reservas.

En el momento de concluir un solo vibrante, y mientras recuperaba el pulso con la entrada de los otros dos guitarras en plan solista, Cristo volvió a mirar a Cati.

Se sentía bien, cómodo, capaz de todo.

No dejó que los otros tomaran el pulso del tema, y en cuanto los guitarras dieron muestras de colapsarse en su *crescendo* metió la primera y entró con una nota altísima, cimbreando por encima de ellos, capturando su atención y su ritmo. Se escucharon más aplausos, más gritos y silbidos, uno claramente diferenciado: el de Neli.

Absolutamente enloquecida.

—¡Es genial! –le dijo a Cati.

—Ya te lo advertí.

Habrían seguido tocando mucho más tiempo, borrachos de marcha y sonido, pero, pasados diez minutos, el propio Cristo comprendió que era mejor dejarlo allí, en lo más álgido. Las *jams* entran muchas veces en la peligrosa curva de la mediocridad poco después del clímax básico. De pronto hizo un gesto al resto, se quedó solo, hizo una gráfica serie de *riffs*, y en el punto más alto de su progresión quebró en seco la última nota y se quedó quieto, en pose, los segundos suficientes para indicar al público que era el final. La explosión de la gente estuvo a la altura de la interpretación

Se quitó la guitarra, se la cedió a su dueño y, entre aplausos, levantó una mano, que chocó en el aire con las de los cinco miembros del grupo. Todos ponderaron su actuación, especialmente el bajista.

—¿Tienes donde tocar? –le preguntó el líder de Petanca Olímpica.

—Sí –respondió Cristo.

—Ya sabes dónde nos tienes.

Iba a reunirse con el resto cuando, al pie del escenario, se encontró con una furia pelirroja, que se le echó al cuello, rabiosamente feliz. Se dejó abrazar mientras advertía que todos la miraban y que en aquellas miradas había de todo: desde simpatía y admiración hasta deseo y esa clase de pasiones que sólo la noche sabe despertar. Y es que la belleza genuina deslumbraba en todas partes. Cuando llegó a la mesa, Cati aún aplaudía, y el parloteo incesante de Neli le impidió hablar con ella. Sólo vio una mano suya en el brazo de Toni, que seguía serio.

—Vamos, hombre, intenta divertirte –le decía Cati en aquel momento.

Toni se encogió de hombros y miró a Neli, feliz y extravertida.

—Menudo elemento –dijo, soslayando el tema de su tristeza–. Está loca.

—Pero es buena tía.

—Y no para de fumar –protestó él.

—¿Quieres que pasemos de ella? –tanteó Cati–. ¿Es eso?

—No, da igual –dijo, sacudiendo la cabeza–. Tampoco hay nada que hacer, y ésa, suelta por Barcelona, sería capaz de...

No terminó la frase porque Neli se acercó a los dos, sin soltar a Cristo, que aún recibía felicitaciones de la gente de las mesas próximas.

—¿Ya no hay más? –preguntó con la ansiedad de quien nunca tiene suficiente–. ¿Qué pasa, por qué se va la gente?

—Aquí cierran a las tres –la informó Cati.

—¿Qué dices? –exclamó con expresión de desconcierto.

Algunas chicas, antes indiferentes, sonreían ahora a Cristo. Cati lo hizo para sí misma.

25

—¿Adónde vamos?

La pregunta acababa de hacerla Neli, mientras caminaban por la calle en dirección al coche. Se detuvieron los cuatro casi automáticamente, y el primero en reaccionar fue Cristo, que parecía controlar un poco el exceso de revoluciones provocado por su breve recital de guitarra.

—El *Abraxas* cierra tarde, y está bien –apuntó.

—¿Qué tal el *Barra*? A Neli le gustaría –dijo Toni.

—Oh, por mí no lo hagáis, que conste. Id a donde os apetezca, como si no estuviera yo.

Miraron a Cati para que decidiera, pero la encontraron bostezando.

—Con lo que tengo que estudiar mañana y el domingo, lo mejor sería que me fuera a casa y me acostara –afirmó sin mucha convicción.

—¡Oh, no! –lamentó Neli.

—Venga ya, mujer, que por dos horas más o menos no va cambiar el resultado de un examen –la animó Cristo.

—Es mi última noche, ¿recuerdas? –añadió un abatido Toni.

—A lo mejor es por eso –le recriminó Cristo–. Parece que estás en un funeral, hombre. Si se te alarga un poco más la cara acabarás pisándotela.

—Pues será eso –concedió Toni.

—¿Lo ves? –Cristo abrió las dos manos–. Ni siquiera discutes. ¿Dónde está el Toni de la última noche que ganó el Barça la liga?

—No seas paliza, Cristo –le recriminó Cati–. Me gustará verte a ti cuanto te toque.

—Eso, mímale –protestó el muchacho.

Neli le cogió a Cati las dos manos. En su rostro flotaba esa dulzura especial que, cuando no gritaba, saltaba, fumaba o hablaba como una ametralladora, le confería un aspecto de *madonna*, de personaje perfecto para una obra de Ivory o para una película del director de *Regreso a Howard's End* y *Una habitación con vistas*. Con voz suave dijo:

—Mira esta noche o, mejor, siéntela. ¿No es perfecta? Primero nos unió el destino, y después... Springsteen, y esto –paseó una mano entre ellos–. Fíjate, Cati. Todo está escrito en las estrellas, y ellas me dicen que esta noche no ha hecho más que empezar. Vamos, vamos, puedes estudiar cuando quieras, pero esta noche es única, no habrá otra igual. Toni se va, y yo estaré en Zaragoza. ¿De veras quieres irte a dormir y matar este espíritu?

Era imposible sustraerse a ella, y lo sabían.

—¿No dejarás de sonreír desde ahora mismo hasta que nos separemos? –preguntó Cati a Toni como quien formula un ultimátum.

—Palabra –aseguró él forzando una mueca de satisfacción.

—De acuerdo –accedió Cati–. ¿Adónde vamos?

—¡Bien! –gritó Neli, y reemprendió la marcha cogiendo del brazo a los dos chicos y tirando de ellos hacia el coche.

26

En la calle había poca animación, pero mucho tráfico: el movimiento constante de los noctámbulos que se desplazaban de un lado a otro en busca de nuevas emociones. Toni y Cristo habían ocupado los asientos delanteros del coche, Cati y Neli iban en los de atrás. Una vez más fue Neli la que rompió el silencio. En un momento en que Cristo volvió la cabeza para mirarlas, comentó:

—Has estado muy bien. Genial.

—No ha estado mal –contestó el guitarra con falsa modestia.

—¿Tiene alguien un cigarrillo? –preguntó Neli cambiando de tono e interrumpiendo lo que prometía ser un diálogo sobre el talento de Cristo para la guitarra–. A mí se me han terminado.

—Fumas demasiado –le reprochó Toni.

Cristo le ofreció el paquete a la pelirroja, que cogió un pitillo con dos dedos, pero vaciló a la hora de encenderlo.

—Perdona, oye. Si os molesta que fume en el coche...

—A mí no me molesta –dijo Cati, que se sintió aludida por Neli–. De todas formas, el coche es del padre de Toni.

—Con tal que no queméis la tapicería –contestó· éste–. El olor se irá en cuanto abramos la ventanilla.

—Como ves, esta gente es muy sana –comentó Cristo–. Aquí el único vicioso soy yo.

—Lo mío es compulsivo –suspiró Neli–. Soy muy nerviosa, quiero estar en todas partes, me pica el cuerpo... No tengo remedio –dio una larga chupada al pitillo, aspiró el humo y lo expulsó hacia la ventanilla–. Lo curioso es que en mi casa nadie fuma.

Toni, que conducía con precaución, frenó ante un semáforo en ámbar. Cualquier otro habría pisado el acelerador para pasar antes de que se pusiera rojo. Como para justificar su prudencia, una moto de gran potencia cruzó por delante de ellos atronando la noche.

—Gilipollas –murmuró Toni.

No hubo ningún comentario, ninguna reacción. Sin darse cuenta, los cuatro se pusieron a mirar a un perro que vagaba sin rumbo, se detenía en mitad de la calzada, miraba a derecha y a izquierda, olisqueaba el aire y volvía a caminar y a detenerse.

Era un perro callejero, sin ningún signo de identificación, de tamaño medio, color crema y con manchas blancas en las patas y en la cabeza. Cada vez que se quedaba quieto, le asomaba por el hocico un palmo de lengua. Bajo la luz del cruce, y en medio de aquel repentino silencio, el animal parecía el único ser vivo del mundo.

Pasaron unos segundos más.

El perro reemprendió la marcha, dirigiéndose hacia la acera. Inmediatamente cambió de rumbo y se adentró más en la calzada.

Cati se irguió instintivamente.

Llevaban las ventanillas abiertas, así que pudieron oír perfectamente el rugido del motor que se acercaba. De pronto, la escena comenzó a moverse a cámara lenta. El perro a punto de entrar en el cruce, el semáforo cambiando de verde a ámbar, el aumento de la potencia del coche que se acercaba, dispuesto a pasar como fuera.

—¡Cuidado! –gritó Cati.

La escena dejó de moverse a cámara lenta desde el instante en que el dardo metalizado entró en el campo visual de Toni, casi en el momento en que el semáforo se ponía verde para él. Apenas pudieron ver que el coche iba lleno de jóvenes de ambos sexos. También oyeron una música, que restallaba en la quietud. Los cuatro tenían la mirada fija en el animal.

Y los cuatro fueron testigos del choque, brutal, angustioso, seguido de un ruido que ahogó el de la música: el chasquido del guardabarros al dar contra el perro a toda velocidad.

El grito de Cati fue estremecedor.

Los frenos del coche agresor chirriaron durante unos segundos, pero no para detenerlo, sino para recobrar la dirección adecuada y, quizá, para comprobar por el espejo retrovisor que la víctima no era un ser humano.

Luego, el coche se alejó a toda velocidad, mientras Cati salía de su vehículo y corría hacia el animal.

27

La ira y el desconcierto la atenazaban. El trágico chasquido seguía causándole escalofríos. Y cada metro que recorría le costaba un esfuerzo angustioso. El perro yacía a unos tres metros del lugar del impacto, fuera del cruce. Agitando convulsivamente las patas y con una espeluznate herida en el abdomen, ofrecía un aspecto horrible.

—¡Dios mío! ¡Dios mío...!

Era su propia voz, pero la escuchó como si formara parte de una pesadilla, como si alguien corriera junto a ella lo bastante cerca como para oírle.

Su propio padre le preguntaba a veces el porqué de su extremado amor a los animales.

Se detuvo junto al perro, con las manos abiertas, sin saber qué hacer. Luego se arrodilló a su lado, lo miró y comprobó que no tenía remedio.

El animal no gemía ni aullaba.

Cati no podía hacer otra cosa que lamentar su impotencia.

En seguida llegaron Neli y Cristo. Ella volvió la cabeza y los miró con ojos doloridos. Y un momento después corría hacia allí Toni, que había estado sacando el coche del cruce y apárcandolo en un lugar seguro. Otros coches, que reducían la velocidad para ver qué pasaba y aceleraban de nuevo al descubrir que se trataba de un perro, fueron los únicos testigos de la pequeña gran tragedia.

Ahora sí se oyó un gemido sordo, apagado.

Cati vio los vidriosos ojos del animal fijos en ella. Se puso de pie para sentarse frente a la cabeza del perro. Y levantó muy despacio una mano para tranquilizarlo e infundirle ánimo. Cuando la depositó en su piel y lo acarició, el animal se estremeció y volvió a aullar lastimeramente.

—Trae algo para taparlo, aunque sea un trapo sucio –pidió a Toni.

Pasó la mano por la cabeza del animal, le hizo caricias debajo de la oreja, le rascó el hocico y repitió los gestos en sentido inverso. Procuró no ver el cuerpo destrozado, pero le resultó difícil, sobre todo cuando tuvo que ahuyentar una mosca que zumbaba en torno a la herida. En el laboratorio había visto ya vísceras de animales que ella misma había tocado. Pero aquello era distinto.

Ni el mejor veterinario habría podido hacer nada por aquel infeliz.

—¿Podemos ayudarte en algo, Cati? –oyó que preguntaba Cristo.

Negó con la cabeza mientras levantaba con cuidado la del animal y la colocaba en su regazo para darle un poco de calor. Y cesaron inmediatamente los temblores y las convulsiones. La aparición de Toni con dos gamuzas fue el último movimiento en torno al animal herido. Ahora ya no pasaban coches por el cruce.

Cati cubrió la herida con una gamuza y colocó la otra en el lomo y el pecho del animal.

Volvió a prodigarle el bálsamo de sus caricias.

Ni siquiera se dio cuenta de que Neli se arrodillaba a su lado y apoyaba la cabeza en su hombro. Tampoco la vio llorar.

Ahora, el perro la miraba fijamente.

Madrid, tres horas y veinte minutos

De pronto abrió los ojos.

Fue un gesto instantáneo, casi un acto reflejo. Sin embargo, la imagen de su madre la serenó, le proporcionó el respiro que necesitaba en aquel estado de duermevela.

Trató de quitarse la mascarilla con la mano libre. La madre se le adelantó y se la retiró lo justo para que pudiera hablar.

—Mamá...

—Estoy aquí, cielo.

—¿Ha... llegado... ya...?

—Pronto, pronto.

La tranquilizó pasándole una mano por la frente. Y consiguió sonreír mientras pronunciaba esa mentira piadosa.

—Estoy... muy... cansada... –musitó María de los Ángeles.

—Mañana habrá pasado todo.

Se abrió la puerta de la habitación y entró Alicia. No hacía ni diez segundos que la paciente había abierto los ojos. La aparecida no perdió el tiempo. Sin decir nada, se colocó al otro lado de la cama, cogió la muñeca de la enferma y controló personalmente sus pulsaciones. Luego observó atentamente los indicadores de la monitorización.

—¿Sucede algo? –preguntó el padre de María.

La respuesta tardó un poco en llegar.

—Un ligero aumento de las pulsaciones, nada importante. De todas formas, voy a avisar al doctor.

Salió de la habitación con la misma presteza y el mismo aire de eficiencia profesional. Mercedes volvió a acariciar la frente de su hija.

—Mamá... –suspiró ésta por última vez antes de cerrar los ojos de nuevo.

28

—Está muerto –dijo Cristo.

Sin dejar de acariciarlo, Cati le cerró los ojos, que seguían fijos en ella. Y pensó por un momento que la expresión del perro reflejaba un atisbo de paz.

—Ha muerto acompañado –susurró Toni.

—Y feliz. Seguro que ha muerto feliz –añadió Neli.

Estaban los cuatro alrededor del animal, pero Neli, Cristo y Toni ya no se fijaban en el perro, sino en Cati. Se dieron cuenta de que se esforzaba por contener las lágrimas, y los dos muchachos recordaron a la vez que nunca la habían visto llorar.

Tampoco sabían si era algo importante.

—Vamos, Cati –dijo Cristo.

—¿Qué? –contestó ella, mirándole como si despertara de un sueño amargo.

—Deberíamos irnos.

—¿Y dejarlo aquí?

—¿Qué otra cosa podemos hacer?

No respondió, de momento. Luego suspiró, y su voz fue un murmullo apenas audible en el silencio de la noche.

—Ellos no conocen la causa del dolor. Nosotros sí.

Notan que les duele, pero no saben por qué. Y eso tiene que ser terrible. No entender lo que te está pasando, ni por qué, tiene que ser...

Cristo le rodeó afectuosamente los hombros con un brazo y la estrechó con delicadeza.

—Eres una sentimental –afirmó–, pero serás una buena veterinaria, tanto que me dejaré tratar por ti antes que por un médico.

Nadie hizo el chiste fácil de atribuir esa preferencia a que en el fondo era un «animal». El único gesto perceptible, y sólo para Neli, fue que Toni apretó con fuerza las mandíbulas.

Tampoco prestaron atención al coche patrulla que, al verlos, se detuvo en el cruce y, luego, giró hacia ellos. Fue la voz del hombre que iba al lado del conductor la que les hizo caer en la cuenta de su presencia.

—¿Ocurre algo, chicos?

Al levantarse y apartarse Toni, los policías vieron la escena. Sin decir nada, bajaron del vehículo y se acercaron. El más joven se quedó de pie, el otro se puso en cuclillas para examinar al perro. Le bastó levantar la punta de una gamuza, que inmediatamente dejó caer con gesto de asco.

—¿Habéis sido vosotros? –preguntó.

—No –respondió Cristo–, un loco que se ha saltado el semáforo a doscientos.

El más joven miraba con ojo escrutador el coche de Toni.

—Puede inspeccionarlo si quiere –sugirió éste.

—Será mejor que os vayáis –aconsejó él.

—¿Y él? –preguntó Cati levantando la cabeza y mirándolos fijamente.

—Tranquila, no lo vamos a dejar aquí –aseguró el mayor–. Llamaremos ahora mismo para que vengan a recogerlo.

—Esperaré.

—No —el tono del guardia fue terminante, de los que no admiten réplica—. Nosotros nos ocuparemos de que nadie toque el animal hasta que se lo lleven. Te doy mi palabra.

Neli la ayudó a levantarse y Toni, adelantándose a Cristo, la cogió del otro brazo. Y ella se soltó de los dos en cuanto estuvo de pie.

—Estoy bien —dijo.

Echó a andar hacia el coche, y no volvió la cabeza ni una sola vez.

29

—¿Estás bien? —preguntó Toni en el primer semáforo que encontraron tras reemprender la marcha.

—Sí, sí, perfectamente —afirmó ella.

Neli le cogió una mano, pero más para tranquilizarse ella misma que para animar a Cati.

—¡Qué palo! —exclamó.

—Lo peor es la impotencia, ver que no puedes hacer nada —dijo Cati.

—¿Por qué estudias veterinaria? —se interesó la pelirroja.

—Me gustan los animales.

—¿Más que las personas?

Lo preguntó ingenuamente, sin segunda intención. Y la respuesta de Cati fue distendida.

—Casi —dijo, y sonrió, por primera vez después del accidente.

—Es que es una de esas profesiones que resultan un poco raras, al menos para mí. Incluso da risa: veterinaria —temió haber cometido una torpeza y rectificó inmediatamente—: Bueno, es un decir. Además, yo soy un poco bruta en eso. ¿Cuándo lo decidiste?

—Siendo niña.

—O sea, que es vocacional. Y ¿surgió así, sin más ni más? –insistió Neli.

Con el brazo apoyado en el respaldo de su asiento, Cristo miraba con interés a Cati, mientras que Toni la observaba a través del retrovisor. Los dos esperaban su respuesta, simplemente porque era una de esas preguntas que ellos nunca le habían hecho.

—Sólo recuerdo que tendría siete u ocho años –comenzó a decir.

—Oye, si no quieres contarlo... –vaciló de pronto Neli.

—Es todo muy sencillo –le aclaró Cati–, y no hay ningún misterio. Una de esas cosas que te marcan para siempre –todos estaban pendientes de ella. Toni conducía muy despacio, mirando alternativamente al retrovisor y al tráfico–. Un día salí con mi padre a dar un paseo en coche. Al volver encontramos un perro herido. Tenía un hierro clavado en una de las patas traseras. El pobre temblaba de miedo, trataba de quitarse el hierro y se lamía la herida sin cesar. Cuando nos acercamos, advertimos que su mirada era tan triste, tan... Nos estaba pidiendo ayuda. Así que mi padre fue al coche, regresó con el botiquín que siempre lleva en él, le quitó el hierro, le lavó la herida y se la vendó. Tendríais que haberlo visto. Siguió temblando, pero se estuvo más quieto que... Fue increíble. De vez en cuando lamía la mano de mi padre. Al extraerle el hierro, tuvo que hacerle un daño horrible, pero el animal no ladró, ni se agitó, ni se levantó, ni... Nada. Y al verlo lamer la mano de mi padre me sentí como nunca me había sentido hasta entonces. Fue sencillamente especial. ¡Había tanto amor en aquel gesto!

—¡Qué bonito! –suspiró Neli.

—Pero la clave no fue ese incidente –continuó Cati–.

Nos metimos en el coche y, poco después, vimos un accidente. La policía de tráfico no dejaba parar, pero la circulación era lenta, y al pasar junto a los dos coches siniestrados nos dimos cuenta de que había una mujer herida, tumbada en el suelo, aunque no parecía que fuera nada grave. Yo me quedé pensativa. En cuanto llegamos a casa le conté a mi madre que habíamos curado a un perro herido, y lo hice con gran entusiasmo. Entonces mi padre me recordó lo otro, lo de la mujer, y al ver que mi reacción era distinta en ambos casos, me preguntó por quién había sentido más pena. Le respondí que por el perro, y le dije lo mismo que he dicho hace un momento: él no sabía por qué sufría, qué había sucedido, mientras que la mujer de la carretera conocía la causa de su sufrimiento: tal vez un error suyo al hacer una maniobra, o un error fatal del otro. Fue entonces cuando, después de darle muchas vueltas, decidí ser veterinaria.

Miró a Toni, miró a Cristo, miró a Neli. No hubo ningún comentario.

Ni siquiera se habían apercibido de que el coche estaba completamente parado en una esquina.

E...

El ambiente era perfecto, animado, vital. ¿Por qué no había ido directamente al *Up & Down* en vez de recalar en los insulsos lugares donde acababa de estar? ¿Por qué no había buscado la auténtica calidad, la categoría, algo de su estilo y nivel, en vez de tentar la suerte en bares infectos y clubes baratos?

Él merecía lo mejor y, sin duda, lo mejor estaba allí.

¿Más difícil? Eso estaba por ver. La noche llegaba a su punto álgido. Las mujeres aún le miraban, estaba seguro. Adivinaban la clase. La intuían y la valoraban. Su sonrisa, el Rolex, el traje de perfecto corte, eran como la vara de Moisés separando las aguas del mar Rojo.

El juego, el gran ritual que no había olvidado, empezaba de nuevo.

Se llevó el vaso de güisqui a los labios y bebió lentamente mientras sus ojos de depredador se paseaban por el espacio circundante. En el *Down* abundaban las veinteañeras, y había alguna jovencita que escondía sus dieciséis o diecisiete años en cuerpo y ropas de mujer. Ni unas ni otras necesitaban el consuelo de los cuarentones. El *Up* era distinto, con mujeres de verdad, como aquella rubia sofisticada, cuya lánguida mirada despedía un fuego deliberadamente frío, o la morena del escote, con aires de modelo y risa de dominio. Tal vez también la otra morena: pelo muy negro, treinta años de seguridad y experiencia, cuerpo de Iradier, firmeza.

Pero iba con una amiga, y la amiga debía de ser un hueso. Todas las feas que van con amigas guapas lo son.

Bebió un nuevo sorbo de güisqui; luego dejó caer el reloj hasta el final de la muñeca, para que se viera bien, y se puso en movimiento.

30

También ahora aparcaron cerca de su punto de destino, y no tuvieron que dar ninguna vuelta en busca de un espacio donde meter el coche sin pagar. Al bajar, Neli cogió a Cati del brazo y se colgó la bolsa en el hombro opuesto.

—Siento que se te haya estropeado la noche –manifestó.

—Ya estoy bien, de verdad –contestó Cati–. En cuanto beba algo me encontraré perfectamente. Se supone que tengo que habituarme a cosas así, aunque esto ha sido...

Hizo un ademán que pretendía expresar la violencia del choque sufrido por el perro y la impotencia de la que había hablado minutos antes. Neli no insistió. Tampoco Toni y Cristo dijeron nada. El bar al que se dirigían estaba a tope, incluso fuera había mucha gente. Saludaron a un par de conocidos, que prestaron más atención de la normal al reparar en Neli, y entraron dentro, con el propósito de alcanzar la barra. Las mesas y las sillas del local estaban ocupadas por una variopinta fauna nocturna, mezcla de niñas bien y universitarios, posmodernos y reciclados de historias diversas. La variedad se manifestaba también en las conversaciones, que, por lo que podía cazarse al vuelo, iban desde la sofisticación de unos hasta la normalidad de otros. Había mucho humo.

—Aquí no se puede respirar –protestó Toni.

—Eh, ¿me pedís una cerveza? Voy al «uvecé» –dijo Cristo.

Neli consiguió abrirse camino y llegar a la barra a base de codazos y de algún que otro empujón.

—Esta vez me toca a mí, ¿vale? ¿Qué queréis? –preguntó a Cati y a Toni, que se hallaban a su espalda.

Las tres cervezas y el refresco de cola pasaron de mano en mano. En cuanto Neli pagó el importe de la consumición, se dirigieron hacia la calle. Cati, que llevaba el vaso de Cristo, se encontró a los dos pasos con una amiga que la llamaba a gritos.

—¡Cati! ¡Cati! ¡Dichosos los ojos, tía! ¿Dónde te metes? ¡Espera!

Cati miró a Neli y a Toni con gesto de resignación.

—Salgo en seguida –les indicó–. En cuanto llegue Cristo.

Ellos atravesaron el último muro de cuerpos humanos y de humo y llegaron a la puerta del local. Sin detenerse allí, buscaron en la acera un hueco alejado de la entrada. Al fin avistaron un árbol en cuyo alrededor no había ningún ser humano, pero sí muchas motos, algunas de ellas, las más distantes del árbol, ocupadas por parejas que se besaban o hablaban fuera de la zona más ruidosa.

Toni suspiró con gesto de fastidio.

Neli le observó en silencio. Vio cómo apoyaba la espalda en el árbol, cómo se bebía la mitad de la cerveza en dos tragos y cómo contemplaba el ambiente nocturno con el deje de resquemor y amargura que arrastraba toda la noche. Su actitud era la del que se empeña en creer que el mundo entero le vuelve la espalda con frialdad e indiferencia.

También Neli miró hacia la heterogénea masa humana, pero únicamente para cerciorarse de algo. Después, no perdió el tiempo.

—¿Por qué no se lo dices?

—¿Qué? –Toni frunció el entrecejo, cogido a contrapié por la pregunta.

—A Cati. ¿Por qué no le hablas? ¡Serás capaz de largarte a la mili sin abrir la boca!

—¿De qué estás...?

—Vamos, tío, no te hagas el lila conmigo. Estás colado, ¿no? Y perdona que me meta, pero es que me duele verte así. Un sediento en mitad del Sahara canta menos que tú.

Estuvo a punto de fingir, de hacerse el duro, de buscar una salida. No lo hizo. Se puso rojo como un tomate, y eso le traicionó. Pero la franca mirada de Neli, por extraño que parezca, le tranquilizó. Habría sido distinto si se hubiera tratado de un amigo o una amiga. En ese caso le hubiera dolido porque se habría sentido descubierto y traicionado. Pero ella estaba «fuera», no pertenecía a su entorno, y dentro de dos horas no volvería a verla.

Además, en su voz, en su aspecto, en la desnuda sinceridad de sus ojos había algo íntimo, algo que rebosaba libertad e inspiraba confianza.

—¿Tanto se me nota? –inquirió tras un breve silencio.

—Lo tuyo es muy fuerte –contestó Neli.

—También a Cristo le gusta.

—Pero él se queda, y tú te vas –Neli fue directa–. Juega con ventaja y lo sabe. Pero te diré una cosa: él tiene la música, y Cati es consciente de eso. No va a enrollarse con él.

—¿Eres una experta? –preguntó Toni.

—Algo. Tuve mi primer novio a los doce.

—¡Jesús!

—Olvídate de mí –le detuvo–. Aún no has contestado a mi primera pregunta. ¿Por qué no se lo dices?

—Ya lo sabe.

—¡Déjate de paridas! ¿Se lo has dicho tú?

—¡No, joder, no!

—Vale, me callo –contestó, levantando las manos abiertas, con las palmas hacia delante, a modo de pantalla. Su cuerpo se estremeció, como si hubiera recibido una descarga eléctrica. Luego dijo, en tono de disculpa–: Siempre meto la pata, es mi sino.

La visceral reacción de Toni terminó tan repentinamente como había empezado. En el fondo deseaba hablar de aquel tema. Quería hablar con Neli ahora que... Pero se perdió en un nuevo mar de cavilaciones.

—¿Tienes novio en este momento? –preguntó de pronto.

Neli contestó con expresión pícara y divertida:

—No. ¿Te interesa la plaza?

—Eres increíble –sonrió él.

—Es que son dos días, tío. De cuatro, nada. Dos. Los otros dos está nublado.

—Sabes lo tuyo, ¿eh?

Rió, y su risa contagió a Toni.

Cristo se dirigía ya hacia ellos.

31

Cati terminó su trivial conversación al mismo tiempo que el refresco. Cuando se encaminaba a la salida para reunirse con los otros tres apareció ante ella, como recién surgida de la nada, una figura singular. Tuvo que levantar la cabeza para ver quién era. Cuando logró dominar el nerviosismo inicial, sus ojos brillaron con el recuerdo del pasado, el gozo del presente y, quizá, la esperanza de un futuro.

—Hola, Félix.

—Chica, estás... Cuando te he visto, casi no podía creerlo. Te has cortado el pelo y...

Le faltaron palabras para describirla, pero sus ojos revelaron lo que sentía. Cati le regaló una sonrisa cómplice, y se dieron dos besos, uno en cada mejilla, abrazándose con una ternura que despertó en ella viejos recuerdos, sentimientos apagados y un temblor casi imperceptible.

—¿Cómo te va? –preguntó cuando se separaron.

—Trabajo con mi padre –contestó él, y se encogió de hombros para restar importancia a ese hecho, mientras seguía dirigiendo a Cati una mirada cálida–. Ya sabes que no me iba lo de la veterinaria. ¿Y tú cómo estás?

—De exámenes, aunque esta noche he librado para ver a Springsteen.

—¿Qué tal?

—Genial, increíble.

—¡Me refería a los exámenes!

—¡Ah! Bien, creo.

—Eras la mejor. Lo tuyo es vocacional. ¿Cómo está la gente?

—Bien, sin novedad. Tampoco ha pasado tanto tiempo.

Mentía. Para ella había pasado mucho. Seis meses. Habían empezado juntos el curso, y después de Navidades...

El primer chico que le gustaba de verdad desde los quince años, pese a que él prefería tontear con todas, aprovechándose de su atractivo y de su éxito, menos con ella.

La consideraba una amiga.

—¿Has adelgazado o estás cansada?

—¿Tan mal me ves?

—¡No! Al contrario, pareces... otra, pero es como si hubieras...

—Acabo de perder a alguien –dijo Cati.

—¡Ah! Lo siento. ¿Muy querido?

—Apenas lo conocía, pero me ha afectado –reconoció.

—¿Estás sola?

No esperaba la pregunta, ni lo fulminante de la reacción, casi química, que se había desencadenado en ambos. Deseó estarlo. Después no lo consideró prudente, ni oportuno. Supo que Félix acababa de descubrirla de nuevo, fuera del marco universitario, probablemente como mujer. Y sintió una excitación infantil.

—No, con un grupo de amigos.

—Pues es una lástima –dijo, y el tono de voz y, sobre todo, el brillo de los ojos reflejaron que hablaba con sinceridad.

—¿Estás solo tú? –se extrañó Cati.

—No. He venido con gente. Pero nada importante. Oye –pareció buscar las palabras adecuadas, consciente de que era también el momento adecuado, y tal vez el único–, me gustaría mucho verte, salir a tomar algo como en los viejos tiempos.

—Olvídate de los viejos tiempos –dijo Cati, mirándole con abierta franqueza–. Los nuevos son siempre mejores.

—Entonces... –se iluminó él.

—Llámame –le invitó ella–. Vivo en el mismo sitio y tengo el mismo número de teléfono. No creo que lo hayas perdido.

—Lo tengo, lo tengo –se apresuró a decir él.

—Ya sabes cuándo termino los exámenes.

—Chica, esto ha sido...

Para no traicionarse más, Cati tomó la iniciativa: se acercó a él, se puso de puntillas y volvió a besarle en las dos mejillas. Esta vez notó que los labios de Félix buscaban el contacto con la tersura de su cara.

Y supo que el chico había aspirado su aroma.

—¡Te llamaré! –le oyó gritar cuando se alejaba de él.

32

Dejó atrás el último grupo de bebedores y fumadores y respiró el aire puro de la noche. Ahora podía dar rienda suelta a su asombro y su entusiasmo: apretó los puños, giró sobre sí misma y se llevó las manos a la boca para gritar:

—¡Bien!

Recobró la serenidad y la sensatez: tampoco era para lanzar las campanas al vuelo y saltar de entusiasmo.

Y aunque tenía sobrados motivos para concebir esperanzas, decidió ir tranquilamente a buscar a los otros tres. Los localizó a unos quince metros, hablando animadamente.

Pero no se unió a ellos inmediatamente.

Observó a Neli, la increíble Neli, la asombrosa Neli, y sin saber por qué, se preguntó qué hubiera sido la noche sin la *hippy*. ¡Neli era tan distinta de ella! No mejor o peor. Simplemente distinta. Y si hubieran ido al concierto los tres solos, Cristo, Toni y ella...

Cristo y Toni, tan contrapuestos, el extraño e incierto vínculo de un triángulo cargado de sentimientos incompatibles que convergían en ella.

¿Qué haría Neli en su lugar?

Quizá nada. Quizá todo. Ojalá viviera en Barcelona y pudieran ser amigas. Aunque, si viviera en Barcelona, tal vez ya no lo serían. Mundos opuestos. Emociones distintas. Le caía bien por su vitalidad, pero apenas tenían nada en común.

Las había unido la noche. La noche y el concierto.

A pesar de todo, no la envidiaba.

Se dio cuenta de ello. Se sentía feliz siendo como era, haciendo lo que hacía, viviendo como vivía. El afán de libertad de Neli sólo era en el fondo otra forma de escape, ni mejor ni peor que la suya: moverse constantemente para no pararse a pensar, o pensar sin dejar traslucir nada al exterior, para protegerse con una coraza, para ocultar la debilidad.

Una continua huida adelante en lugar de una responsabilidad con el presente.

No estaba muy segura de sus ideas. Así que decidió apartarlas de su mente y no ser juez, ni estudiante que disecciona animales en el laboratorio. ¿Cómo iba a diseccionar a una compañera que acababa de conocer, por muy transparente que pareciera? La noche seguía viva.

Neli, Toni y Cristo reían despreocupados. Fue Neli, que parecía tener ojos en la nuca o estar pendiente de cuanto sucedía a su alrededor, la que la vio.

Levantó una mano y gritó despreocupadamente:

—¡Eh, Cati, estamos aquí!

Se acercó sin prisas. Neli la abordó al instante.

—No estaba mal, tía. ¿Quién es? –se refería a Félix.

—¿Lo has visto? –se extrañó Cati.

—¡Claro que lo he visto! Estabais lejos, pero tengo ojos. ¡Material de primera! ¿Un colega?

—Estudiamos juntos –Cati miró a Toni y a Cristo.

—¿Y? –la apremió Neli.

—¿Y qué?

—¿Pasó algo?

¡Anda ya! contestó con desenfado.

—Pues es como para no dejarle escapar –insistió la otra.

Cati no quería hablar de aquello delante de Toni y de Cristo. Neli pareció darse cuenta. Hubo un breve silencio. Luego, Cati preguntó:

—¿Qué hacemos? No quiero seguir aquí, de pie y sin hacer nada.

No hubo ninguna respuesta. Una figura se acercó tambaleante al árbol bajo el que estaban, y los obligó a reaccionar rápidamente. Toni empujó a las dos chicas. Cristo no pudo hacer otra cosa que apartarse de un salto. El intruso se apoyó en el tronco, se dobló sobre sí mismo y empezó a vomitar.

—¡Eh, tío, controla! –gritó Neli.

Los cuatro se alejaron de allí.

33

Cati se dio de bruces con ella. Cuando la chica se volvió, se encontraron las dos cara a cara, y las dos arquearon las cejas por la sorpresa.

—¡Elisenda!

—¡Cati! Te creía estudiando.

—Yo he ido a ver a Springsteen, pero tú has jurado a mediodía que te ibas a pasar el fin de semana con los codos clavados en la mesa para no suspender a lo bestia.

Elisenda se encogió de hombros, hizo un mohín y asintió con un movimiento de cabeza.

—Lo he intentado –confesó–, pero me ha llamado Berto por si me animaba...

—Y te has animado.

—Es que tenía ya los párpados pegados con cola, y ni por ésas. Chica, ¿qué quieres que te diga? En cuanto he salido a la calle he renacido. No puedo evitarlo: ¡es noche de viernes! –le puso el índice en el pecho y preguntó–: ¿Y tú? Porque no creo que el concierto haya terminado ahora.

—No estaba muy decidida, pero Toni se va a la mili el lunes, y estamos dando la última vuelta.

—Hola, Toni –saludó Elisenda, y le guiñó un ojo–. Que te sea leve.

—Ellos son Neli y Cristo –dijo Cati, poniendo fin a las presentaciones

—¿Os venís a una fiesta? –propuso Elisenda–. Yo me iré hacia allí dentro de unos minutos, en cuanto... ¡Ah, ahí está! –agitó una mano por encima de sus cabezas y gritó–: ¡Miguel, estoy aquí!

—Creí que habías salido con Berto –vaciló Cati.

—Sí, pero por el camino... –Elisenda se echó a reír–. Bueno, ¿os animáis o no?

—¿Qué clase de fiesta? –quiso saber Cati.

—¿Conoces a Vanessa Rombau?

—Sí.

—Pues es en su casa. Sus padres están fuera este fin de semana, y ha organizado una pequeña *party*.

—Nada de lo que hace Vanessa es pequeño –precisó Cati.

—¡Exactamente! Vive en una torre inmensa. ¡Venga, mujer, anímate. ¿Adónde ibais? –por una extraña inercia, hizo la pregunta mirando a Cristo y a Toni.

—A ningún sitio concreto –contestó Cati.

—Decidido. ¿Sabes dónde es?

—No, pero...

—Bueno, nos seguís. Lleváis coche, ¿no? Voy a comprar tabaco.

—Yo también necesito –dijo Neli.

—Espera, espera –la detuvo Cati–. No me gusta presentarme en ningún sitio sin más ni más.

—¿Qué dices? ¡Ha dicho que llevemos a todos los que podamos. ¿Es que no la conoces? ¡Goza con las multitudes y con que sea algo «a tope»...! –de pronto cambió de actitud, tal vez porque cayó en la cuenta de que eran dos parejas, y miró a Cati con gesto de perplejidad–. Bueno, no sé, a lo mejor tenéis planes y...

Cati ignoró la intención del comentario. Miró a Toni y a Cristo, y vio en los ojos de los dos la plena conformidad con la propuesta. También ella pensaba que era lo mejor. En una fiesta había más libertad de acción, gente nueva, mayores posibilidades. Neli estaba deseando ir. No hacía falta que lo dijera: sus ojos brillaban con la intensidad de las grandes expectativas.

—De acuerdo, vamos –dijo Cati, comprendiendo que todos estaban pendientes de su decisión.

—¡Uao, qué noche! –exclamó Neli, y siguió a Elisenda, que ya iba en busca de tabaco.

Madrid, cuatro horas

Cuando su hija tuvo los primeros problemas y apareció en su horizonte la palabra «trasplante», con las consiguientes incógnitas, descubrió un mundo hasta entonces desconocido para él y para su mujer.

Un universo de horrores y sufrimientos, y a veces de alegría final.

Con los órganos de un solo ser humano se puede proveer de corazón, riñones, hígado, córneas y otras muchas cosas a un buen número de enfermos cuya vida cambia con el trasplante. Ésa era la verdad abstracta. La realidad era otra.

Fue entonces cuando leyó casualmente la noticia. Se trataba de una fotografía con su correspondiente pie. Habría seguido buscando la sección de deportes, pero se sintió atrapado por aquella mirada, por aquellos ojos. Eran los de una muchacha que, sentada en la cama de un hospital, miraba directamente a la cámara, o al mundo entero.

No era capaz de precisar qué sintió en aquel instante, qué extraña inquietud se apoderó de su ser, presa de una desarboladora emoción. Aquellos ojos no pedían, acusaban. Aquella mirada no esperaba, denunciaba. Era como si la muchacha conociese ya su destino, el final del juego, y mostrase lo que de verdad sentía y pensaba a cuantos contemplasen su imagen en la pantalla.

Compasión, desprecio, cansancio, resignación, odio...

Todo menos miedo.

Ésa era la realidad.

El pie de la foto decía simplemente:

«La joven Carmen Pozas Herrero, de 18 años de edad y natural de Tomelloso, falleció el miércoles en la clínica Puerta de Hierro, sin que llegara a hacérsele el trasplante de corazón que hubiera prolongado su vida».

El encabezamiento era escueto y periodísticamente profesional:

NO LLEGÓ EL CORAZÓN

Desde entonces no había olvidado aquellos ojos ni aquella mirada. No había vuelto a ver nada parecido, ni siquiera en María.

Ni siquiera ahora.

En los ojos de su hija anidaban el amor y la esperanza.

Pero no sabía por qué.

La muchacha de la foto era hermosa, muy hermosa: se veía y se adivinaba a pesar de que estaba extremadamente pálida y delgada. Su hija también era muy guapa, y seguiría siéndolo si tenía una oportunidad. Aquella muchacha ya no era más que un recuerdo, doloroso para los suyos e impresionante para él. Su hija era aún el presente.

Quizá en alguna parte latía un corazón esperando...

Cerró los ojos y sintió ganas de llorar.

En alguna parte alguien estaba vivo.

Todo dependía del destino, de las circunstancias, tal vez... de Dios.

¿Tenía sentido?

Ninguna respuesta, sólo sensaciones: una desconocida muerta porque no llegó el corazón que se necesitaba; su hija, viva. Diferentes. Únicas. Asustadas.

Un corazón, un milagro o...

Se asustó de sus sentimientos, pero ya no los combatió.

34

Cuando el coche de Elisenda y Miguel se detuvo en uno de los pocos huecos que quedaban en la empinada y retorcida calle, los cuatro pudieron ver a su izquierda las luces que colgaban de una impresionante casa. Una vez más fue Neli la primera en exteriorizar su impresión.

—¿Es aquí? –preguntó, silbando de admiración–. ¡Joder, qué choza!

—Esto es Pedralbes, querida –señaló Cristo.

—¿Es un buen barrio?

—El mejor.

—Ya –suspiró, y a punto de apearse del vehículo añadió–: Se nota.

Se reunieron los seis y enfilaron calle abajo hasta la entrada de una villa rodeada por un inmenso jardín cuyos árboles extendían sus ramas por encima del muro. Los dos portones de la verja estaban abiertos, invitando a entrar a todo el mundo. Al llegar al porche se encontraron con grupos que conversaban animadamente, pero nadie les prestó la menor atención. A través de la puerta y de las ventanas de la planta baja se percibía la animación que había en el interior: chicos y chicas bailando en penumbra y un ambiente impregnado por el eco de la música, suave en aquel momento.

—Vamos por detrás –dijo Elisenda–. La barbacoa está en la piscina.

Rodearon la casa por la parte derecha, hasta que se encontraron con una piscina en forma de habichuela y con la barbacoa, ya apagada a aquella hora. En cambio, el bar seguía abierto. Vieron varias tinas repletas de hielo y de diferentes bebidas; en un mostrador se alineaban las más fuertes: vodka, ron, ginebra, güisqui...

—¡Eh! –gritó Neli–. ¿La cerveza es gratis?

Elisenda le echó una mirada de reproche, que luego extendió a los otros tres. Toni fue el que pareció avergonzarse más, Cristo reaccionó con una divertida sorpresa y Cati sonrió abiertamente. Miguel daba la impresión de estar más que alucinado con Neli. Elisenda optó por llevárselo, o tal vez quiso alejarse de los cuatro.

—Voy a ver qué hay por ahí –dijo mientras se iba tirando de su compañero.

Antes de que pudieran hacer ningún comentario, alguien exclamó junto a ellos:

—¡Cati! ¿Será posible? ¡Qué alegría verte aquí!

Era Vanessa, una chica deslumbrante, con estilo, y no sólo por la ropa y las joyas que llevaba. Su madre había sido modelo, y se notaba. Su padre era un personaje importante en la Barcelona textil, pese a los malos tiempos y a que, según se decía, las fábricas no estaban ya en Sabadell y Terrassa, sino en Taiwan y Corea.

—Hola, Vanessa. Yo también me alegro de verte, aunque siento presentarme así y a esta hora.

—¿Qué dices? ¡Por Dios, mujer! –miró a los otros tres, especialmente a Toni y a Cristo, y los saludó con naturalidad–. Divertíos lo que podáis, estáis en vuestra casa. ¡Adelante!

Los dejó tan súbitamente como había aparecido, y Neli, que no sabía dónde tirar la colilla de su último cigarrillo, aprovechó el momento para desmarcarse.

—Voy por una cerveza y a dar una vuelta por ahí. ¿Puedo?

—Claro –dijo Cati.

—¿Viene alguien?

—Yo paso –dijo Toni, al ver que Cati se quedaba.

—Yo también –se apresuró a decir Cristo.

Cati enarcó ligeramente las cejas. Sin duda, las cervezas seguirían donde estaban, no se acabarían. Pero... ¿rechazarlas? Los dos habían bebido ya bastante, pero eso no significaba que no pudieran beber más. Empezó a pensar que ir a aquella fiesta no había sido una buena idea. Se quedó sola, con su escolta doble, y vio cómo Neli se alejaba, alegre, vivaracha, caminando con aplomo mientras observaba sin disimulo el físico de los chicos y el estilo de las chicas.

—¡Toni! ¡Eh, Toni! ¿Qué haces aquí?

Un terremoto quinceañero de corta estatura, pelo muy largo, cara de rata y cuerpo generoso se le echó literalmente encima.

—¡Marisa! –parpadeó él, sorprendido.

—¿Sabes quién está aquí? ¡Vamos, ven! ¡Qué alegría, chico! Pero ¿cuándo has llegado?

Lo cogió del brazo y se lo llevó a rastras. Cati y Cristo le vieron marchar con la cabeza vuelta hacia ellos y ojos de carnero degollado.

Y se quedaron solos, en medio de la calma que reinaba en los aledaños de la piscina.

35

Cristo sabía que Toni no tardaría en regresar, que se desharía de Marisa, o de quien fuera, con la mayor rapidez posible. Sintió una especie de aceleración interior que no tuvo ninguna manifestación externa. Se puso a caminar con Cati, bordeando la piscina por la parte más alejada de la casa. Una pareja se besaba entre los árboles. Otra hablaba animadamente sentada en el césped. Si la música solía fluir de las manos de Cristo sin problemas, ahora las palabras se negaban a salir de su garganta.

La oportunidad quemaba inútilmente los segundos.

—Creo que deberíamos vigilar a esa loca –se oyó decir a sí mismo, como si hubiera en su cuerpo dos voluntades.

—No seas cruel –le recriminó Cati–. Es inofensiva.

—No la conocemos. Si hace una barbaridad..., la hemos traído nosotros.

—Aquí todo el mundo ha traído a alguien, hombre. Deja que disfrute. Es su gran noche –vio a Toni hablando con la chica que se lo había llevado y con otros dos chicos. Casi pudo notar su nerviosismo, la inquietud con que los buscaba por todas partes–. ¿Sabes quién es esa Marisa que ha cazado a Toni?

—No, ni idea. ¿Por qué?

—Por nada. Simple curiosidad.

No acababa de entender por qué se sentía tan acelerado, tan receloso. O tal vez sí. Empezó a intuirlo. Quizá fuera porque sabía que Toni tenía más urgencia que él y que ya no le quedaba tiempo.

Se sintió ridículo, desesperada e infantilmente ridículo.

—Cati..., ¿por qué no vienes mañana conmigo a la prueba?

—No puedo, en serio.

—Es importante para mí, y voy a estar muy solo. Necesitaré...

—Yo pienso lo contrario –replicó ella–. Si no hay nadie cerca, te sentirás más relajado, menos presionado, estoy segura.

—¿Y si sale mal?

—No pienses en eso, no seas derrotista.

—Pero ¿y si sale mal? –insistió.

—Pues habrá otros grupos, otras posibilidades. Eres bueno y eso es suficiente. Debería bastarte.

—Me gustaría tener tu optimismo.

—Vamos, Cristo, sabes muy bien que no es optimismo, sino confianza, cuestión de fe. Y conoces de sobra mi forma de pensar. Creo que en la vida todo está encadenado y tiene un fin. Lo malo de hoy es provechoso mañana. Si no te dan el puesto de guitarra te sentirás frustrado. Pero es posible que dentro de unos días te llegue una propuesta más interesante de un grupo mejor.

—Eres increíble –reconoció él.

Y estaba más hermosa que nunca: en la penumbra del jardín brillaba como una diosa, objeto inalcanzable de su deseo.

¿Inalcanzable?

Buscó a Toni con la mirada. Ya los había localizado, y parecía a punto de despedirse. Se notaba en la ansiedad de su risa y de sus movimientos.

—Cati...

—¿Qué?

—No, nada.

—¿Qué te pasa?

Habría podido decírselo, pero no lo hizo. ¿Para qué? En su caso no había urgencia, disponía de tiempo. Pero su instinto le reveló una razón más poderosa: su orgullo. Jamás se expondría a un no, y menos en un momento en que podía quedar destrozado para la crucial prueba del día siguiente.

—Antes, cuando estabas con el perro...

—Soy una tonta, lo sé.

—Me has parecido maravillosa.

—No me lo recuerdes –dijo, y se llevó una mano a la cara, como para ocultar su sonrojo.

—En serio, es algo que nunca podré olvidar, porque...

Toni ya se dirigía hacia ellos. Aún tardaría quince segundos en llegar. Pero Cristo decidió callarse y no seguir.

Mientras esperaba se preguntó si ella preferiría un triunfador o un perdedor, alguien a quien admirar o alguien a quien cuidar.

Y descubrió que no la conocía lo bastante para saberlo.

36

Encontraron a Neli abriendo una cerveza y fumando. Envuelta en su propia nube de humo, se hallaba junto a los recipientes en que las bebidas nadaban entre trozos de hielo. Parecía ligeramente achispada. Ni siquiera tenía al alcance de la mano su bolsa de colores.

—¡Eh! –cantó al verlos–. ¿Venís a echar gasolina?

—¿Te diviertes? –preguntó Cati.

—Bueno –contestó con un gesto de duda–. La gente es un poco estirada para mi gusto, aunque... hay buen ganado –les guiñó un ojo–. ¿A que sí? Yo diría que es una experiencia positiva para mi karma.

—¿Quedan cervezas? –preguntó Cristo.

—¡Sí! Esto es como un manantial. ¿Queréis una? –tiró el cigarrillo a medio fumar, metió la mano derecha en el agua y sacó una botella que tendió a Cristo. Luego hizo lo mismo para Toni. Cati le dijo que pasaba, y le dio un golpecito con el codo–. Controlando, ¿eh?

—Vas a tener que ir a Zaragoza remontando el Ebro –la previno Toni.

—Tranquilo –aseguró ella–. Tengo mucho aguante. ¿Lleváis encima algún porro?

—¡Qué pena! –bromeó Toni–. Me los he dejado en casa.

—¡Anda, que me lo voy a creer! –exclamó la pelirroja, farfullando un poco las palabras.

Cati echó un vistazo a la hora.

—¿Qué hacemos? –preguntó indecisa.

Neli se adelantó y tomó la iniciativa.

—Yo quiero bailar –afirmó resueltamente, y cogió a Cristo del brazo, le miró con ojos tiernos y se lo llevó hacia la casa y la música–. Vamos, querido.

—¡Eh, espera!

Fue una protesta vana.

—Quiero poder decir algún día que he bailado con el mejor guitarra de este país. No serás capaz de negarle ese deseo a una dama, ¿verdad? Vamos, seguro que no has probado cosa más dulce en la vida.

Neli apuró su cerveza y empleó las dos manos para

arrastrar a Cristo, que dejó de oponer resistencia casi inmediatamente. Luego desaparecieron por la puerta de atrás y se sumergieron en la discreta penumbra de la sala donde bailaban las parejas.

En aquel momento sonaba *Hero*.

F...

No era hermosa, no era *sexy*, no era joven, pero tenía clase y sabía estar.

Además, parecía la última alternativa.

Y estaba sola.

Se acercó a ella, se acodó en la barra y llamó al camarero agitando la mano izquierda. Fue un gesto demasiado ostentoso. El tintineo de la cadena del Rolex resonó en la quietud del espacio, mientras la gente consumía sus últimas energías en la pista. La mujer no se movió. El camarero, no demasiado lejos, tampoco.

—¿Puedo invitarte a algo? –preguntó él–. Me llamo Leonardo.

El suyo fue un movimiento deliberadamente lento. El vestido negro le dejaba los hombros al descubierto y tenía un escote bastante pronunciado. Sólo la piel del cuello y, en parte, de las manos delataban su proximidad a los cuarenta. El foco cenital dio a su rostro tonalidades duras: ribeteó de amargura los ojos y las comisuras de los labios, marcó los pómulos, resaltó el llamativo puente de la nariz e incluso hizo que su corto pelo pareciese un casquete adosado a la cabeza.

No hubo respuesta.

Bastó la mirada.

Se levantó despacio, para que él la contemplara, y dejó ver unas piernas largas y delgadas, más largas y delgadas por la minifalda y las medias negras.

Leonardo se sintió atravesado, como si fuera transparente.

Pero lo peor fue la sensación de desprecio.

Seguía flotando allí mismo cuando ella ya había dejado de mirarle y se alejaba con una lentitud y una languidez que tenían mucho de burlescas.

—¡Pero bueno...! —comenzó a decir Leonardo en voz alta.

—El señor dirá...

El camarero esperaba al otro lado de la barra. Y él no supo si sonreía por servilismo o por la escena que acababa de presenciar.

Sacó de la cartera un billete de diez mil pesetas. Sus gestos no fueron precisamente relajados y armoniosos.

—Otro güisqui —pidió lacónicamente.

El camarero ya no le preguntó la marca. Había tenido ocasión de averiguarla a lo largo de la noche.

37

Cuando la mano de Neli subió por su espalda y le hundió los dedos en la nuca, Cristo adivinó que iba a suceder algo, aunque todavía no sabía qué.

Bailaban muy unidos el uno al otro, siguiendo la suave lasitud del tema que, con su saxo tenor, Kenny G. elevaba a la cima de lo romántico. Cristo advirtió que Neli sabía bailar y ser mujer cuando era necesario. También advirtió, con cierta sorpresa, que olía bien, muy bien, a pesar del tabaco y la cerveza que había consumido. Tal vez era su aroma natural, fresco y armonioso, o quizá se había perfumado minutos antes de que la encontraran de nuevo en la fiesta.

No debía dejar solos a Toni y a Cati, tenía que...

Kenny G. dejó morir su agudo cimbreo, pero ellos

no se detuvieron ni se separaron. La voz de Peter Gabriel, que cantaba a dúo con Kate Bush su emblemático *Don't give up*, los envolvió, y entraron en un nuevo éxtasis.

Los dedos de Neli seguían haciéndole caricias en la nuca.

Cati y Toni, solos.

¿Y qué? No lo creía capaz. Demasiado bueno. Demasiado cobarde.

Cerró los ojos y se dejó llevar. Remedando a Keating, el profesor de *El club de los poetas muertos*, se dijo: «Aprovecha el momento». Una buena máxima. Y aquella canción... El vídeo de Peter y Kate, bailando mientras cantaban, era un espejo de ellos mismos. Despacio, despacio, muy despacio.

Flotando en medio de la noche.

De pronto se le antojó que aquello era irreal, se apartó un poco, lo justo para mirarla, y sin que Neli le quitara la mano de la nuca se encontró con sus ojos grises, llenos de paz, coronando una sonrisa de sublime ternura.

Volvieron a unirse, mecidos por la melodía, pero Cristo ya no cerró los ojos. No había ni rastro de Cati y de Toni. A su alrededor, todas las parejas se besaban, unas con ternura, otras con pasión. No conocía a nadie. Estaban solos.

Esta vez fue Neli la que se apartó ligeramente, casi al final de la canción, como si supiera lo que él estaba pensando. Primero le miró a los ojos, después a los labios, luego nuevamente a los ojos, para terminar en los labios.

Se acercó muy despacio y le besó.

Cuando se separó, Cristo la miraba con un gesto de incredulidad.

—Colecciono recuerdos –dijo Neli–, y ésta es una

noche mágica. Quiero guardarla por algo más que el concierto de Bruce y el hecho de haberos conocido.

Minutos antes, Cristo había deseado besar a Cati. Ahora le cosquilleaba en los labios el beso de Neli. Era una locura.

Pero estaba sucediendo.

Neli volvió a acercarse, y Cristo se dejó llevar. Cerró los ojos y apareció en su mente la imagen de Cati. Cuando sus labios se encontraron, no supo a quién besaba.

Y esta vez hubo algo más que ternura en su gesto.

38

Por carta sería una cobardía. Confesarle sus sentimientos mediante una hoja de papel, sin mirarla a la cara, sin verle los ojos, representaría una fuente de inseguridades. Si ella decía que sí, jamás sabría cuál había sido su expresión, nunca podría conservarla en su memoria. Pero una negativa sería la frustración definitiva.

Cristo iba a regresar en cualquier momento.

Vencer la inhibición, demostrarse que era capaz, ahora o...

—Cati, quiero decirte una cosa.

—¿Qué es?

—Esta noche... –miró hacia otro lado, en busca de un punto de apoyo. Y no encontró más que el agua de la piscina, un remanso en el que naufragó.

—Vamos, Toni –le alentó ella cogiéndole un brazo con cariño–. Se te pasará el tiempo sin sentir. No te tortures más.

—No es eso.

—¿Qué es, entonces?

—Si pudiera llevarme algo...

—¿Algo? ¡Habla de una vez, por Dios! ¿Qué quieres llevarte?

—A ti.

—No creo que necesitéis una veterinaria en embrión, por muy animales que seáis.

—Hablo en serio –temblaba, pero la mano de Cati en su brazo le ayudaba a controlarse un poco.

Se sentía como un niño, desvalido y muerto de miedo.

—Toni, por favor...

Alentado por la naturalidad compasiva de la chica y por la ternura que emanaba de su ser, Toni logró vencer su inhibición y expresar todos sus sentimientos y emociones en dos palabras:

—Te quiero.

Esta vez Cati respondió con el silencio, con su silencio y desviando la mirada, como si buscara algo a que aferrarse. Su mano seguía muy quieta en el brazo de Toni, y su semblante adquirió una tenue palidez que la noche acentuaba.

El chico ya no podía dar marcha atrás.

—Estoy enamorado de ti –afirmó.

—No –replicó Cati con energía, tras recobrar hasta cierto punto su equilibrio emocional–. Estás deprimido porque tienes que irte a la mili, y eso te hace confundir los sentimientos.

—¿Llamas confusión a lo que siento?

—Necesitas una mano amiga, comprensión...

—¡Te necesito a ti! Te quiero y te estoy pidiendo que seamos...

—Vamos, Toni –le interrumpió, y su mano libre le acarició las mejillas–, no seas tonto –creyó que él le iba a coger la mano para besársela, pero no la retiró–. Mira, no puedes pedirme eso abusando de nuestra amistad y de mi compasión. Yo nunca he pensado en ti como...

—Entiendo –asintió él.

—No, espera, déjame acabar. Somos amigos, y te

aprecio como amigo. Lo otro es... demasiado complicado, al menos para mí. Seguramente no te servirá de nada oírme decir que no estoy preparada. Pero es la verdad. Tengo mi vida, mis estudios, mi carrera, y tú la mili de entrada. Sólo yo sé lo que me ha costado estudiar y llegar hasta aquí. Mis padres no poseen una casa como ésta. Yo no tengo tiempo para nada: me he propuesto una meta y quiero alcanzarla cuanto antes.

—Está bien, no sigas –hizo ademán de apartarse de su lado, pero ella se lo impidió.

—Ya que hemos empezado, tenemos que llegar hasta el final. Mira, una cosa es que alguien te caiga bien, que te encuentres a gusto a su lado, como me ocurre a mí contigo, y otra muy distinta entablar una relación seria y formal. Lo que menos quiero ahora es hacerte daño, pero tengo que ser sincera. ¡Y no me utilices de excusa para torturarte más!

Logró sonreír, y esa sonrisa alivió su situación interior. De pronto deseó estar muy lejos de allí.

—¿Me escribirás? –preguntó él.

—¡Claro que te escribiré, hombre!

—¿Y Cristo?

—¿Qué pasa con Cristo?

—¿Te gusta él?

—¡Por Dios! ¿Cómo se te ha ocurrido semejante idea? ¡Ni más ni menos que tú!

Sintió alivio y nuevas fuerzas.

—Prométeme al menos que lo pensarás.

—Puedo prometértelo, pero eso no cambia las cosas.

—Me permitiría albergar alguna esperanza.

—¡Santo Cielo! –Cati bajó la cabeza, abatida–. ¿Por qué nos complican tanto la vida los sentimientos?

—¿Y tú preguntas eso? No conozco a nadie más sentimental. Cuando has visto agonizar al perro...

—Porque no puedo soportar que nada ni nadie sufra, ¿entiendes? Y desearía que no sufrieras tú –volvió a sonreír–. De niña quería ser como la Madre Teresa de Calcuta. ¡No te rías!

No reía. Simplemente, la creía única, alguien por quien dar todo. Junto a ella podría desafiar al mundo entero, a su padre...

—¿Puedo darte un beso de despedida?

—Toni... –los ojos de Cati volvieron a velarse de tristeza.

—Deja que me lleve algo tuyo, por favor. Un recuerdo que me ayude a...

Hasta ellos llegó desde la casa, aunque parecía provenir de mucho más lejos, la voz de Elton John cantando *Sacrifice*.

39

Neli no pesaba demasiado; pero no era fácil sostenerla pasándole un brazo por detrás de la espalda, cuando ella apenas colaboraba.

—¡Ánimo! –le dijo.

Por toda respuesta, ella sacudió la cabeza e imitó vagamente el ruido del tubo de escape de una moto.

Al llegar a la piscina, Cristo buscó a Cati y a Toni. En un primer momento no los localizó y estuvo a punto de retroceder, antes de que Neli se le cayera al suelo. Moviéndola había menos riesgo. Aunque sólo estaba mareada o bebida y su aspecto no era tan lamentable, algunos de los que pasaban a su lado la miraban con una mueca de asco. Pero nadie echaba una mano, de modo que Cristo se sentía como un náufrago en pleno océano.

De pronto los vio al otro lado de la piscina. Al parecer, se estaban separando... ¿Era la falta de luz? ¿La distancia? ¿Un simple efecto óptico? No creía que Toni pudiera... ni que Cati... Claro que había circunstancias en que todo era posible, lo sabía por experiencia.

Sintió furia, pero no pudo detenerse en ese sentimiento porque Neli se le estaba cayendo.

—Aguanta un poco, mujer.

La voz de Neli le llegó envuelta en brumas de sopor.

—Es que... todo... me da vueltas, tío.

—No me extraña. ¡Debería echarte de cabeza a la piscina!

—No sé nadar. Soy de... secano –tartamudeó ella.

Sin gritar, consiguió que Cati y Toni los vieran a medio camino. Los dos corrieron a su encuentro. Cuando llegaron, Cristo ya había dejado a Neli en el suelo, junto a la piscina, y se disponía a pasarle por el rostro una mano mojada.

—¿Qué ha pasado? –se interesó Toni.

—¿Tú que crees? –replicó Cati, arrodillándose al lado de Neli. Cristo recordó la escena del perro–. Habría que llevarla al lavabo.

Con ayuda del agua, Neli se espabiló un poco, aunque seguía mirando con ojos extraviados. Parecía una niña apaleada, tierna y desvalida. Su delicada belleza era una flor marchita que se resistía a sucumbir bajo el peso de cicunstancias que la aplastaban.

—Sois cojonudos –dijo, mientras Cati seguía humedeciéndole la cara con la mano.

—¿Ha tomado algo raro? –preguntó Toni.

—¡Qué va! Estábamos bailando y de repente me ha dicho que no «estaba fina».

—Ayudadme –pidió Cati.

La levantaron entre los tres. Una vez en pie, Neli se sostuvo por sí misma, pero Cati le rodeó la cintura con un brazo, por si acaso.

—¿Necesitas ayuda? –se interesó Toni.

—No te preocupes. Bastará un poco de tranquilidad.

—Llévala al baño y métele la cabeza debajo de la ducha –sugirió Cristo.

—No seas bruto –contestó Cati–. ¿Vamos, Neli? Cógete a mí, cielo. Y despacio, ¿eh?

Las dos chicas se alejaron sin prisa y pasaron entre la gente, que las miraba con curiosidad o con indiferencia. Luego se acercó a ellas Vanessa, la dueña de la casa, y las condujo al interior. La fiesta recobró su pulso normal. Su última normalidad.

—Si no fueras tan pusilánime podrías irte a la mili con buen sabor de boca –dijo Cristo.

—¿A qué te refieres?

—Neli. Está a punto de caramelo.

—No seas bestia.

—Te lo decía por hacerte un favor.

—Pues no me hagas favores, ¿vale?

Cristo se encontró con una mirada furiosa. Por primera vez vio en los ojos de Toni rabia, violencia, una resolución de romper con todo, incluso con su timidez y su perpetua reserva. Por primera vez lo creyó capaz de darle un puñetazo.

Hasta eso.

Se escudó con una sonrisa que tuvo mucho de cínica.

—Está bien, hombre, está bien. No te pongas así –dijo–. Anda, vamos por una cerveza.

Madrid, cinco horas

La encontró en la capilla, como había imaginado al no verla en la habitación. Por extraño que parezca, se había quedado dormido, vencido por el agotamiento. Y al despertar...

Aquella extraña y sobrecogedora soledad.

Mercedes estaba sola, arrodillada delante del altar, con las manos unidas. La capilla no era excesivamente grande. Situada en la planta baja del Gregorio Marañón, a la derecha de la entrada principal, parecía ser al mismo tiempo lugar de llegada y de despedida, de súplica y de acción de gracias, de esperanza y resignación, de aflicciones y gozos. El crucifijo que la presidía invitaba al recogimiento, y el visitante casi lograba sustraerse a la circunstancia de que muy cerca de él había decenas de personas debatiéndose entre la vida y la muerte.

Paulino miró al crucifijo con una sensación imprecisa.

No era creyente, aunque lo había sido. O tal vez lo era sin saberlo. Sin ninguna razón concreta había perdido la fe muchos años antes, o la había olvidado. Nunca se había preguntado cuándo, ni por qué, ni cómo, ni siquiera dónde. Mercedes, en cambio, sí lo era. Creyente y, en ocasiones, practicante. Sin embargo, nunca habían hablado de ese tema.

Se acercó despacio a su mujer. Sus zapatos, de suela de goma, no hicieron el menor ruido, o ella estaba tan absorta en su oración que no oía nada. Iba a ponerle una mano en la cabeza, a decirle que sin su compañía había sentido miedo y soledad; pero a menos de dos pasos se detuvo golpeado por el llanto.

Sacudido por la voz.

—Por favor... ¡Por favor, Dios mío!... Sálvala, dale un corazón... No la dejes morir así...

Paulino volvió a mirar al crucifijo, y el vacío que le atenazaba el estómago se extendió hasta su mente.

De pronto se sintió extraño. Y radicalmente perdido.

No llegó hasta donde se encontraba su mujer. No la advirtió de que estaba allí. Cerró las manos, dio media vuelta y se alejó tan despacio como había entrado, pero mucho más confuso. Andaba cuando en realidad quería correr. Callaba cuando en realidad quería gritar.

Salió de la capilla y regresó a la quinta planta, pasando como un sonámbulo entre las escasas personas que a aquella hora se movían por el centro médico.

Nervioso y desconcertado, entró en la habitación de María.

40

—¿Estás mejor?

—Sí, gracias.

Cati se sentó junto a Neli en la cama y le pasó la mano por la frente. Le apartó las mechas de las sienes y, más tranquila al ver su estado, le acarició la mejilla.

—No deberías beber tanto, y menos estando sola, lejos de casa y con desconocidos. Bueno, no quiero ser mogijata, pero...

—Es verdad, pero vosotros ya no sois desconocidos para mí. Lo supe desde el primer momento. Un desconocido no me habría vendido la entrada a precio de taquilla. Vosotros sois legales, los tres, y superfantásticos.

—Eres una ingenua –se burló Cati.

—Lo digo en serio, de verdad, aunque... Bueno –ladeó la cabeza como si le costara reconocerlo–, a veces hablo demasiado y me comporto de una forma absurda.

—No, no es eso.

—Sí, sí. Lo sé. Nunca hago nada a derechas. Soy un completo desastre.

—No te pongas en plan flagelo. Eres una persona especial, muy vital.

Neli recuperó el control de los ojos. Y en ese momento le cogió una mano a Cati.

—Escucha... –vaciló un instante y, luego, lo soltó–: Creía que Toni estaba colado por ti, pero lo están los dos.

—Eres muy perspicaz –reconoció Cati enarcando las cejas.

—A los tíos se les nota en seguida, son transparentes.

—Me gustaría tener tanta mundología como tú.

—Y a mí parecerme a ti. Ya te he dicho que yo soy un desastre.

—¡Serás boba! ¿Por qué dices eso?

—Siempre necesito tener alguien a mi lado, del otro sexo, claro, y cuando lo tengo creo que no le intereso yo, sino lo que puedo darle, o lo que puede sacar de mí.

—El problema no está en ti, sino en que la mayoría de los chicos entran a saco.

—No, siempre depende de la chica –insistió Neli con firmeza–. En el rollo que te llevas con Toni y Cristo, ¿te gusta alguno?

—No me llevo ningún rollo. Somos amigos y punto.

—¿Lo ves? –le apretó nerviosamente la mano–. Yo estaría deshojando la margarita. No pensaría en la posibilidad de pasar de los dos, sino en cuál me cae mejor.

—Conozco esa ansiedad, y no puedo juzgarla ni decir que sea mala.

—¿Cómo que la conoces? –se extrañó Neli.

—Por mi hermana pequeña. Bueno, sólo es un año menor que yo. Ya tiene novio y anda muy liada. Ella necesita que haya alguien a su lado, compartir lo que tiene.

—A mí me ocurre lo mismo, y odio esa dependencia. Me monto la película y luego me pasa lo que me pasa: fumo, bebo, me pongo a cien... Acabo ciega.

—Deberías tomarte tiempo, absorber la vida en lugar de devorarla.

—¿Y si no se puede parar?

Cati suspiró sin saber qué responder. Solía decir que cada cual es un mundo, impenetrable y al mismo tiempo dependiente de los demás. Neli era sin duda un caso extremo en la gama de comportamientos humanos.

—¿Te molestarás si te hago una pregunta? –prosiguió la pelirroja, cambiando de tema.

—Nunca me enfado –aceptó Cati.

—¿Se te ha declarado Toni?

—¿Cómo sabes...? –volvió a ennarcar las cejas, desconcertada por oír algo tan íntimo de labios de una chica que acababa de conocer.

—Me he llevado a Cristo a bailar para que lo hiciera. Toni necesitaba estar a solas contigo, y ya no le quedaba tiempo. He pensado que...

—¡Serás celestina! –protestó Cati sin enfadarse.

—Ésa es otra de mis cualidades –asintió Neli, incorporándose hasta quedar sentada en la cama, con la espalda recostada sobre el cabezal–. Suelo meterme donde no me llaman. Y acabo metiendo la pata. De todas formas quiero ser sincera contigo: no lo he hecho exclusivamente por ti. La verdad es que me gusta Cristo, aunque supongo que será porque le he visto tocar la guitarra. A mí esas cosas... Y sé muy bien que es un fresco. Le he besado, ¿sabes?

—¡Qué dices! –se alarmó Cati.

—Le he besado, hasta que me he dado cuenta de que él te estaba besando a ti –admitió sonriendo con pesar–. Esta noche te llevas la palma.

—No seas tonta. ¡Eres increíble!

No pudo evitar una carcajada. Neli la acompañó. Luego se levantó y comprobó que las piernas la sostenían. Se puso las sandalias y echó una última ojeada a la habitación en que se encontraban. Era de auténtica princesa. En el brillo apagado de sus ojos hubo algo de nostalgia. La nostalgia de la cenicienta que regresa a la vulgaridad tras asistir a una fiesta de ensueño.

Cuando se disponían a salir de la habitación, detuvo a Cati.

—Oye, si tuvieras que elegir a uno, ¿con cuál te quedarías?

—Con ninguno de los dos. Los aprecio mucho como amigos, pero el amor es otra cosa.

—Para mí, el amor es como el aire que respiro cada día –susurró Neli–. Lo necesito.

Parecía estar sola, muy sola, más de lo que la distancia de su casa daba a entender. Cati la abrazó con ternura durante unos segundos.

Después salieron de la habitación.

—¡Pobre Toni! –suspiró Neli–. Porque se te ha declarado, ¿verdad?

41

Ahora, la música era rápida y las luces de la sala ya no respetaban el calor de la penumbra, sino que brillaban con toda su potencia para despertar a los somnolientos y para mantener la marcha hasta el final. Sonaba algo rítmico y machacón difícil de clasificar. Cuando Cati y Neli llegaron a la sala, dos docenas de jóvenes se contorsionaban siguiendo cada uno su propio impulso; chicos y chicas gozaban de la libertad de la nada, olvidados de toda frontera, habitantes de la noche, héroes sin guerra.

Para ellos, el mundo entero empezaba y terminaba allí, sin antes ni después.

—¡Uao! –cantó Neli–. ¡Esto está animado!

—Desmadrado, diría yo –corrigió Cati.

Cristo bailaba al borde de la epilepsia, plenamente

integrado en una consagración de la primavera que no tenía ningún toque de Stravinsky. Al otro lado del coro de danzantes, Toni apuraba una cerveza, absorto en sus pensamientos.

Cati y Neli decidieron ir a hacerle compañía; pero él las vio acercarse y se reunió con ellas en la puerta que daba al jardín y a la piscina. La música, aunque muy alta, no les impidió hablar.

—¿Cómo te encuentras? –quiso saber el muchacho.

—¡Como nueva! –afirmó Neli–. Lista para lo que haga falta.

—¿Cómo te lo haces? –preguntó Toni con cara de fatiga.

—Lo malo se olvida con lo bueno.

—¿Qué hacemos? –dijo Cati.

—Odio esa música –comentó Toni.

—También él la odia –replicó Cati señalando a Cristo–, y ya ves.

Fue como si su mirada tuviera un poder magnético sobre el aludido, y su imagen irradiara un fulgor capaz de despertarle del letargo del éxtasis. Cristo abrió los ojos, localizó a Cati, levantó una mano y, sin dejar de bailar, se dirigió hacia ellos. Neli le animó dando palmadas.

—¡Eh, vaya marcha! –gritó cuando vio que Cristo seguía contorsionándose tras reunirse con ellos

—¡Venga, vamos a bailar!

Neli se apuntó en el acto, demostrando estar nuevamente en plena forma. Cogió a Cati de un brazo.

—¡Quememos la noche! –pidió con repentina energía.

Cati la siguió y, asiendo a Toni de una mano, le forzó también a cruzar la invisible línea que separaba su apatía de la locura contagiosa del baile.

—¡Eso es, todos juntos! –gritó Neli–. ¡Toni, Toni,

rompe la noche! –y le cogió de la otra mano. Así llegaron a la sala siguiendo a Cristo. Una vez en ella, Neli le rodeó a Toni el cuello con los brazos, como si fueran el último eslabón de una cadena–. ¡Quiero que te acuerdes de mí cuando estés en Melilla seduciendo a una mora! ¡Venga, Toni, venga!

Incapaz de resistirse a su ímpetu, Toni empezó a moverse, a bailar. Cati ya lo estaba haciendo, y Cristo volvía a aislarse cerrando los ojos.

G...

Sabía por qué había ido a la Rambla de Cataluña, pese a que lo había hecho como quien conduce sin rumbo en plena noche. Y sabía que ella estaba allí, en aquella esquina, a la altura de Rosellón, salvo que estuviese ocupada. La había visto dos o tres veces, en la puerta del cine Alexandra o subiendo por el lateral de la Rambla a la hora de salir de los cines del centro o de tomar una copa en las terrazas del paseo central.

La recordaba joven, extremadamente joven y provocativa. Atractiva y muy *sexy*, capaz de hacer caer en sus redes a cualquiera.

Su última esperanza.

El coche que le precedía se detuvo; con el intermitente de la derecha encendido, le indicó que quería aparcar. Eso le impidió cruzar el semáforo. Paró y la buscó en el cruce. Al principio no la vio. Iba a lamentar su mala suerte cuando advirtió un movimiento detrás del coche aparcado en la parte más alejada de la esquina. Le costaba centrar la visión, precisar las formas. El exceso de bebida le enturbiaba los ojos y el cerebro. Logró superar la bruma y vio su silueta recortada sobre la noche, su cabello negro, sus largas piernas desnudas, su provocación.

Esperó.

El semáforo se demoró más allá de lo que a él se le antojaba normal. Cuando cambió a verde, puso la primera y arrancó despacio. No tenía a nadie detrás. Metro a metro, se acercó a la solitaria presencia femenina. No puso el intermitente. Frenó lentamente, y ella le miró. Bastó un segundo para la complicidad.

Dio un paso, dos, hacia el punto del encuentro. Leonardo abrió la ventanilla del lado derecho. A través de la neblina etílica que le aislaba en cierto modo del mundo, divisó la imagen de la mujer, su rostro, su cuerpo, sus manos, sus piernas...

Nunca había comprado el amor. Solía decir que jamás...

No era joven, ni provocativa, ni *sexy*. Sólo era alguien que tenía lo que él buscaba. Alguien capaz de fingir.

Una mentira más.

Sintió súbitamente asco, y el asco le provocó náuseas. La mujer iba a apoyarse en la ventanilla para hablar, cuando Leonardo estalló. Luego, una reacción en cadena: volvió a poner la primera, pisó el acelerador y gritó con la misma rabia que le había impedido vomitar.

El coche saltó hacia adelante, demasiado rápido, demasiado descontrolado. No pudo esquivar al que estaba aparcado al comienzo del siguiente tramo de Rambla de Cataluña, y su parachoques impactó con él, desviándolo ligeramente hacia un lado. Leonardo logró recuperar el control, y con el pie hundido en el pedal del gas enderezó el BMW y lo hizo rugir en vertiginosa carrera, hasta rebasar el siguiente semáforo a punto de cambiar.

No escuchó la voz de la mujer, su insulto, pero sí el del coche que se cruzó con el suyo y cuyo conductor le amenazó con el puño por la ventanilla.

42

Toni se sentía triste. Y feliz.

Triste por su fracaso, por la falta de correspondencia, porque Cati volaba libre y sola, al margen de él y de su amor. Feliz porque al fin se lo había dicho.

Había tenido el valor necesario en el momento preciso.

Era un primer paso. Y gracias a él, de pronto se sentía capaz de todo. Ya no era necesario fingir. Ya no se agitaría más, víctima del miedo y de la zozobra. Con una batalla no se gana una guerra, pero una derrota tampoco significa verse privado de la victoria final.

¿Y por qué pensaba en batallas y en guerras cuando odiaba todo eso?

Su padre, claro. También con su padre tenía que empezar a derribar muros, quizá después del servicio militar. Quizá antes de terminarlo.

Lo importante era dar el primer paso.

Aquella seguridad...

Miró a Cati, que, transformada por el baile, brillaba con luz propia entre las demás chicas. Ahora le respetaba, y eso era ya una victoria. Cristo tenía su música, pero él ya no se sentía con las manos vacías. Neli era como Cristo. Dejó de mirar a Cati para observar a los otros dos: sus movimientos, su felicidad despreocupada.

Le escribiría a Cati, naturalmente. Por carta podría decirle mucho más. No escribía mal, sabía expresar sus sentimientos, y eso siempre gusta. Sería transparente. Las chicas son más sensibles que los hombres, y Cati tenía una sensibilidad a flor de piel. Sí, por carta sería abierto, lanzado, directo. Lo único malo de las cartas es que quedan escritas, y pueden convertirse en armas arrojadizas, en cuyo caso...

Pero ¿por qué pensaba una cosa así? Con Cati no podía ocurrir. Cati era diferente.

La escribiría sin recelos, y ella comprendería, sabría ver más allá de lo externo, entraría en su alma. Ya no tenía por qué preocuparse de Cristo, aunque se quedara. Cati se lo acababa de decir. Ni él ni Cristo. Empate. Cristo se quedaba, pero él le confesaría sus emociones, carta a carta. Además, Cristo era un golferas, aunque muchas chicas los prefieren así.

Cati no, por supuesto.

Le había dado un beso de despedida.

Un beso que valía por mil promesas.

Cerró los ojos y se dejó llevar por el ritmo de la música y la emoción del momento. No necesitaba nada más.

43

Cristo dio una vuelta sobre sí mismo, tropezó con alguien y estuvo a punto de caer. Abrió los ojos y le pidió perdón al muchacho, que ya se reponía del percance. Después continuó moviéndose al compás de la música, con los ojos abiertos o entrecerrados.

Neli parecía una vestal. Más que bailar flotaba, y lo hacía con tanta coordinación como si absorbiera la música y luego la proyectara hacia fuera llena de vaporosidades. Su forma de besar era dulce como la caricia de una niña.

Cati era distinta, más concentrada, más adulta, más contenida. Neli era un estallido continuo. Cati, la maduración en constante progreso. No recordaba haberla visto nunca bailar, y menos de aquella forma. Si la hubiera visto, lo recordaría. Su falda larga se movía produciendo olas diminutas, y su pelo iba de un lado a otro dando mil formas distintas al óvalo de su rostro.

Quiso capturar esa imagen y no olvidarla nunca.

Toni se iba, pero eso no significaba nada. Empezaba a comprenderlo. Los tímidos como él son los que al final se llevan a las chicas normales como Cati. ¿Qué iba a hacer ella, veterinaria, con un rockero siempre de gira, actuando cada día en un sitio distinto, siempre de un lado para otro? ¿Qué clase de vida era ésa? Porque ahora estaba seguro de que lo lograría, de que superaría la prueba del día siguiente, de que se pasaría el verano tocando y después...

Aquella noche se sentía capaz de todo.

Claro que si tuviera a Cati, la música pasaría probablemente a segundo plano. ¿O la odiaría algún día por ello?

La música.

Y la eterna cuestión: la soledad del éxito o la compañía del fracaso. ¿Quién dijo que el éxito no vale nada si no tienes con quién compartirlo?

Volvió a mirar a Cati, y supo que deseaba el triunfo por encima de todo, que lo deseaba por él mismo, por ella, por todas las Catis del mundo y por todos los tímidos como Toni, por su padre y por todos los hombres grises como él, anónimos sin pasado ni futuro.

Cerró los ojos de nuevo sin detenerse, sin dejar de bailar, aunque ahora lo hacía de forma menos explosiva.

La noche y el destino eran suyos.

44

Cati odiaba aquella música, sin calidad, sin carisma, una simple y machacona suma de sonidos ruidosamente entrelazados. Sin embargo, por primera vez en su vida se dejaba arrastrar por ella, se arropaba con su contundencia explosiva, se arrebujaba en su interior para pasar desapercibida. Y descubrió que se sentía bien, que le gustaba cerrar los ojos y dejarse llevar por aquella marcha que fluía de ella misma, moverse como un torbellino, levantar los brazos, romper con cuanto la hacía diferente de las demás chicas. ¿O acaso no era así? Tal vez en el fondo era como todas. Más cerrada, más firme en sus convicciones, más responsable, pero al fin y al cabo como todas.

La gente es gente, nada más.

Después, cada cual evoluciona según su entorno y sus sentimientos.

¿De dónde le venía ahora aquella sensación de paz? ¿Del concierto? ¿De la presencia de Neli, capaz de catalizar otras vidas sin pretenderlo? ¿De la halagadora declaración de Toni? ¿Del simple transcurso de la noche?

Esperaba demasiado de sí misma y de los demás. Ésa era la clave. Y lo más curioso era su certidumbre de no estar segura de nada, por mucho que todos creyeran que sí lo estaba. Ni siquiera era fuerte, aunque sí capaz de reunir todas sus debilidades y atrincherarse en ellas para salir adelante.

Tenía una meta.

Pero eso era para después, para el día siguiente, para el resto de su vida. Aquella noche estaba bailando, soltándose el pelo, sintiéndose completamente libre. Dos chicos estupendos se interesaban por ella, Félix la llamaría y... quién sabía lo que podía pasar. Cerrar los ojos y bailar era lo mismo que aprovechar un momento de debilidad.

Abrió los ojos y miró a su alrededor. Neli disfrutaba como una loca. Recuperada de su mareo, se movía con una cadencia admirable. Toni y Cristo parecían inmersos en su propio ritual, felices y lejos de todo.

Cati se alegró por los dos.

Se alegró de estar allí, de no haberse ido a casa, de

no haber renunciado a ser joven por su maldito exceso de responsabilidad.

Vivir era maravilloso, pero sentir la vida lo era aún más.

Madrid, seis horas

—No va a llegar.

La primera señal de derrota, y precisamente en ella.

—Mercedes...

Rompió a llorar y, por primera vez, volvió la espalda a la cama de su hija. Después sacudió la cabeza.

—Llegará –mintió él.

El llanto fue silencioso, pero denso, como lluvia de otoño.

Y duro y frío como el invierno.

Paulino se acercó a su esposa. Muy despacio, como si tuviera que vencer su resistencia, la rodeó con sus brazos y la estrechó, hasta conseguir que ella se refugiara en su pecho.

—Vivirá –musitó.

Durante los minutos siguientes no hubo en la habitación más movimiento que el del tiempo.

45

—Nos vamos ya, ¿no? Esto empieza a decaer.

—Yo diría que es ahora cuando más animado está –replicó Cristo a Cati.

La música volvía a ser muy lenta, y las parejas quemaban sus últimas energías besándose o comunicándose sus secretos en lugares apartados. Los que formaban grupos se miraban en silencio adormilados o embotados por la bebida.

—Bueno –dijo Neli batiendo palmas–, bien está lo que bien acaba. Ha sido una noche genial, súper, de verdad. No sabéis lo que daría por quedarme aquí el fin de semana.

—¿Hay que despedirse de alguien? –preguntó Toni.

—Yo no me pongo ahora a buscar a Elisenda ni a Vanessa –advirtió Cati.

—Nos largamos y en paz –afirmó Cristo.

—Tengo que coger mi bolsa –recordó Neli–. ¡Ahora vuelvo!

Corrió hacia la casa, y los otros no hablaron hasta que desapareció en su interior.

—Es un bicho –dijo entonces Cati.

—¿Os la imagináis aquí un fin de semana entero? –preguntó Cristo subiendo y bajando repetidamente las cejas.

—Bueno, si aún no ha incendiado Zaragoza, no creo que incendiara esto –precisó Toni.

—Ahí viene.

—¡Lo que se perdió el festival de Woodstock por ser en el sesenta y nueve! –exclamó Cristo.

Neli llegó con la bolsa multicolor colgada del hombro izquierdo. Para variar, había encendido un cigarrillo. Arrojó una nube de humo al aire y les sonrió radiante, como si la noche acabase de empezar.

—Cuando queráis –anunció.

—¿Qué piensas hacer ahora? –se interesó Cati.

—Es hora de regresar a casa –lamentó Neli–. Va a amanecer en seguida, y cuando lo haga quiero estar en la autopista haciendo dedo.

—¿Y si no te cogen?

—Siempre es un riesgo, pero una tía sola no tiene problemas casi nunca.

—Puede que los problemas los tengas después, ¿no? –temió Cati.

—Sé cuidarme, tranquila –aseguró resuelta.

—Apuesto a que llevas en la bolsa, además de una trampa para ratas por si alguien mete la mano, un *spray* contra violadores y alguna sorpresa más –bromeó Cristo.

—Por si acaso, no te acerques a mí con malas intenciones.

Rieron los cuatro, con el penúltimo relajamiento. Neli se mordió los labios y por un momento pareció no saber qué hacer ni qué decir.

—Bueno, pues... si me acercáis a una parada de taxis –dijo dando paso a la tristeza final.

Cati miró a Toni.

—No te preocupes –contestó rápidamente éste–. Te llevaremos nosotros.

—En serio, no quiero... –empezó a protestar Neli.

—Anda, no te enrolles –la detuvo Cristo.

—Os habéis portado muy bien conmigo, y encima...

—Ha sido el influjo de Springsteen –dijo Cati.

—Desde luego –Neli sacudió la cabeza–, ¡sois demasiado!

Los cuatro se dirigieron hacia la salida de la casa.

46

En el coche se iban a sentar igual que las otras veces: Toni y Cristo delante, ellas dos detrás. Pero antes de que Toni abriera su puerta, Cati le detuvo.

—¡Eh, espera un momento! ¿Cómo estás?

—¿Cómo estoy de qué? –se extrañó él.

—Ya sabes a qué me refiero –contestó Cati.

—Pues no... –de pronto comprendió–. ¡Ah, ya! Tranquila. Control total.

Cati no quedó muy convencida. Se acercó a su amigo y le miró a los ojos, que tenían un tinte rojizo muy revelador.

—¡Y una porra! –rebatió–. Sólo en la fiesta te has tomado media docena de cervezas, igual que éste –añadió señalando a Cristo.

—¡Pero he ido al lavabo un montón de veces! –protestó el del pelo largo.

—Vamos, Cati –dijo Toni–, ya sabes que nunca me paso.

—Lo único que sé es que vas cargado. Y así no conduces, y Cristo tampoco –su tono fue terminante, categórico. No admitía réplica alguna–. Anda, quítate. Lo llevaré yo.

—Lo que tú digas, mamá –bromeó sumiso Cristo.

—¿Cómo que vas a llevarlo tú? –exclamó Toni–. Si le haces una rayita, mi padre me fusilará.

—Escoge: conduces tú y os largáis solos, o conduzco yo y hago el reparto debidamente.

—¡Pero si te han dado el carné hace dos meses! –siguió protestando Toni.

—Eres una novata –le apoyó Cristo más y más divertido, y mirando a Neli hizo un gesto de miedo mientras gritaba–: ¡Uuuuuh...!

—De acuerdo –aceptó Cati–. Vámonos, Neli.

La cogió del brazo y echaron a andar calle abajo.

—¡Espera! –gritó Toni.

—Venga, mujer, ¿qué haces? –dijo Cristo, cambiando súbitamente de expresión–. ¿Adónde vas?

Cati levantó una mano sin dejar de alejarse de ellos.

—Suerte en la prueba, Cristo. Toni, te llamaré el domingo para despedirme.

Neli caminaba con la cabeza vuelta hacia los dos muchachos, y su rostro reflejaba tristeza.

—Está bien, está bien –aceptó Toni agitando las llaves con la mano derecha en alto.

Cati y Neli se detuvieron.

—¿Reconoces que estás un poco espeso? –insistió la primera.

—Lo estoy, y éste también –afirmó Toni.

—¡Habla por ti! –protestó Cristo.

Las chicas volvieron. Neli sonreía otra vez. Cati cogió las llaves para asegurarse de que Toni hablaba en serio. Con ellas en la mano dijo más tranquila:

—¿Crees que voy a correr? Vale más una novata cuerda que dos zumbados. Piensa por un momento qué pasaría si nos parara la policía y te hiciera soplar.

Toni lo pensó. Las imágenes que cruzaron por su mente no debieron de gustarle nada, porque se estremeció visiblemente.

Vale accedió.

—¡Qué carácter! –exclamó Cristo.

Cati le dirigió una mirada que le hizo enmudecer de golpe. Se sentó al volante. Los otros tres vacilaron un instante, el tiempo que Toni tardó en decidir:

—Yo iré delante, para controlar.

Neli y Cristo ocuparon los asientos traseros, y mientras Toni daba la vuelta, Cati encendió el motor.

Diez segundos después, el coche se apartaba suavemente de la acera y rodaba calle abajo.

47

Comenzaron a cantar *Born in the USA*, a todo pulmón, mientras bajaban desde la Cruz de Pedralbes, después de que Cati dudara un momento si debía alcanzar la Diagonal por arriba o por abajo. Eligió la segunda opción pensando que a Neli le sería más fácil hacer autostop en el último semáforo de Barcelona, antes de que los coches enfilaran la A2 y aceleraran libres de obstáculos.

Sus voces, mal conjuntadas, ahogaban la tristeza de la despedida y la separación.

Comenzaba a clarear.

Acabaron riendo, gritando, silbando, cuando la quiebra de los pulmones les impidió seguir cantando. Luego cedió la alegría y se acompasaron las respiraciones. Cati, que conducía muy despacio y con los cinco sentidos en el coche y en el tráfico, fue la primera en quedarse en silencio. Después lo hicieron Toni y Cristo.

Finalmente calló Neli, pero sólo durante unos segundos.

—¿Sabéis? –dijo de pronto con el tono dulce y entusiasta que empleaba a menudo–. En *Badlands*, mi canción favorita, hay una frase que dice: «*Spend your life waiting, for a moment that just don't come. Well don't waste your time waiting*». ¿Sabéis lo que quiere decir, no? –sin darles tiempo para contestar tradujo–: «Te pasas la vida esperando un momento que no llega. No pierdas el tiempo esperando». Creo que... Bueno, no sé cómo expresarlo, pero siempre me ha parecido el lema de mi vida, y hay días, circunstancias, situaciones en que sé el porqué. Cuando decidí venir a Barcelona a ver a Bruce no sabía que os encontraría. Pero eso prueba que uno nunca debe esperar nada, sino ir a buscarlo. Bruce tuvo que escribir esa frase para mí, sabiendo que yo nacía al otro lado del mundo.

Dejó de hablar y miró por la ventanilla: la claridad del amanecer serenó sus sentimientos. Cati la contempló a través del retrovisor: era a la vez catarata y remanso de paz. Sin saber por qué, sintió un vacío en el estómago y un nudo en la garganta. Después volvió un poco la cabeza para ver a Toni, sentado a su lado, y a Cristo detrás. Los dos parecían absortos en sus sentimientos.

Well don't waste your time waiting.

¿Por qué las grandes canciones decían todo y con tanta sencillez?

H...

El portal estaba cerrado, pero eso ya lo sabía. Se preguntó por qué había tenido que darle a ella las llaves.

Los abogados, claro.

Se preguntaba otras muchas cosas, y no tenía respuestas, y si las tenía las odiaba.

Eran como una avispa dentro de su cerebro.

Le costó fijar la mirada, localizar en el portero automático el timbre correspondiente. Cuando lo consiguió se aferró a esa imagen el tiempo necesario para levantar la mano derecha y pulsar el botón.

Fue un zumbido largo, muy largo, que subió y bajó, recorriendo una amplia gama de graves y agudos, y llenó de ecos el silencio de la calle.

Su calle.

O ya no. ¿Qué le quedaba?

Probablemente su estupidez.

La rabia se apoderó de él, atenazándole la razón, las terminaciones nerviosas, incluso el aliento. Jadeaba sin saber por qué.

Tenía el cuerpo apoyado en la puerta. E hizo lo mismo con la cabeza. Volvió a pulsar el botón del cuarto primera con una ira que se abría paso entre las brumas de su sopor. Esta vez mantuvo el dedo allí por espacio de un minuto, o tal vez más.

—¿Sí? ¡Sí! ¿Quién es?

La voz, asustada, salió del portero automático con acento metálico.

Cerró los ojos y la imaginó.

Seguramente llevaría aquella combinación suave y transparente...

—Elena...

La sorpresa.

—¿Leonardo?

—Hola... cariño.

—¿Qué haces aquí...? ¿Sabes qué hora es?

¿La hora? ¿Qué importaba la hora? Lo único importante era que estaba allí, ¿o no?

—Abre, Elena –pidió.

—Vete, Leonardo.

—Abre.

—¡No!

El grito le golpeó el rostro como un viento huracanado.

—Déjame subir. ¡Por favor! Esta noche... Te necesito.

—¡Ya está bien! Vete y déjame en paz.

—¡Abre, maldita sea! ¡Abre esta jodida puerta! ¡Elena!

Golpeó la puerta con rabia una y otra vez. Sus gritos eran alaridos. La avispa le clavaba su aguijón en el cerebro, y una mano de hierro le atenazaba el alma.

—¡Leonardo! ¿Te has vuelto loco? ¡Vas a despertar al niño! ¿Me oyes? Vete, por Dios, vete...

La oyó llorar, y el recuerdo del pasado le hizo desfallecer y caer desmoronado, aunque sin dejar de sentir el fuego que abrasaba su interior.

—Elena... –gimió.

—Estás borracho –dijo ella–. Vete o llamaré a la policía. Por favor, por favor.

Caído en el suelo, siguió hundiéndose en un abismo que parecía no tener fin.

Se habría quedado allí, descansando con los ojos cerrados, si no hubiera tenido el coche aparcado en mitad de la calle y con la puerta abierta.

—Elena... –musitó.

Le habían robado el casete tres meses antes. Ahora podían llevarse el coche entero.

—Hijos... de puta.

Se levantó sin saber cómo, y aunque tropezó y estuvo a punto de caer, logró llegar al coche y sentarse al volante.

Con los ojos rojos de ira y de alcohol.

48

Bajaron del coche los cuatro y durante unos segundos se miraron sin saber qué hacer. Fue Neli quien, finalmente, tomó la iniciativa.

Después de todo, era ella la que se marchaba.

—Chicos, sois de fábula –les dijo a Toni y a Cristo–. Menos mal que me voy; si no, perdería la cabeza por vosotros.

—Recuerda que éste se va a la mili –manifestó Cristo–. Y que allí le cortarán la suya a poco que se descuide.

—No te líes nunca con un músico –advirtió Toni–. No son de fiar, y están locos.

Neli abrazó a los dos. Luego dirigió a Toni una mirada cálida y le dio un beso en los labios. Un beso de verdad, largo, intenso. Cristo y Cati se miraron sorprendidos. Después hizo lo mismo con Cristo, mientras Toni la observaba alucinado y Cati reía divertida. No lejos de ellos, un coche circulaba por la Diagonal atronando con su claxon.

Tras despedirse de Cristo, Neli sacó de la bolsa tres trozos de papel y entregó uno a cada uno.

—Es mi dirección de Zaragoza –explicó– y mi número de teléfono, por si os dejáis caer por allí o estáis de paso. La he apuntado antes para... bueno, ya sabéis –dejó el tono triste para exclamar jovialmente–: Hemos visto juntos a Bruce, así que es como si fuéramos hermanos –guiñó un ojo a los dos chicos y agregó–: O algo más.

Quedaba Cati. Neli le tendió los brazos y las dos se abrazaron efusivamente.

—Genial, tía, ha sido genial –confesó–. Eres de lo más fuerte.

—Tú sí que lo eres –contestó Cati.

Era el fin. Tras el prolongado abrazo, Neli dio un paso atrás. El primero y el más difícil. Levantó la mano derecha y abrió los cinco dedos.

—¡Hala, iros! No me gustan las despedidas. ¡Vamos! ¡Oh...! –se acordó de algo repentinamente–. ¡Me he quedado sin tabaco! ¿No tendrás...?

Cristo le echó su paquete. No hizo falta más. Neli se lo guardó sin sacar un cigarrillo. Después les volvió la espalda definitivamente.

—¿Queréis hacer el favor de meteros de una vez en el coche y largaros? –gritó mientras se alejaba.

49

Entraron en el coche, de nuevo Cati al volante, Toni a su lado y Cristo detrás. Pero no arrancaron inmediatamente. Seguían pendientes de los movimientos de Neli, de su andar firme y decidido, de su forma de llevar la bolsa-estandarte, del modo en que su cabello ondeaba al ritmo de sus pasos, de la armonía que su energía interior irradiaba.

—Definitivamente loca –comentó Cristo rompiendo el silencio.

—Me encanta –suspiró Cati.

—Es una de esas personas que llevan consigo un montón de sensaciones y las van dejando caer como si fueran hojas –afirmó Toni.

—¡Eh, te has enamorado de ella! –dijo Cristo, y le dio un golpe en la cabeza.

—No seas bestia –protestó él.

—En el fondo no es más que una *groupie* vocacional –continuó Cristo. ʿ

—No seas cruel –la defendió Cati–. Sabes que eso no es verdad. Fijaos: es como un soplo de viento, con todo lo bueno y lo malo que eso implica.

—Desea tanto ser feliz... –dijo Toni sin terminar la frase.

—Que nunca lo conseguirá –concluyó Cati–. Pero mientras conserve sus ilusiones y su esperanza, no le hará daño esa ansiedad que la domina.

Callaron los tres, y sus miradas siguieron pendientes de Neli, que a un centenar de metros se recortaba contra el claroscuro del amanecer. De pie junto a la autopista, parecía una llama roja, con la cinta en torno a la cabeza, el símbolo de la paz colgado del cuello, el pantalón roto y el chaleco. Los primeros coches pasaron a su lado ignorando el movimiento del pulgar de su mano derecha.

—¿Nos vamos ya? –se impacientó Cristo de pronto.

—Espera –pidió Cati.

No tuvieron que esperar demasiado. Un camión, un coche familiar, un deportivo, una camioneta, otro camión...

—¡Fijaos! –exclamó Toni.

Un Porsche 911 de color negro encendió el intermitente derecho, redujo velocidad y se detuvo en el arcén. Neli corrió hacia él, habló con el conductor a través de la ventanilla y entró en el coche.

—¡Es demasiado! –exclamó Cristo–. ¡Ésta llega a casa en dos horas!

—O aparece en Madrid –dudó Toni.

El Porsche reanudó su marcha.

—Adelante, Neli –musitó Cati.

—¿Qué? –preguntó Toni a su lado.

147

—No, nada.

—Bueno, venga. ¿Qué hacemos aquí? –preguntó Cristo dando una palmada de ánimo.

Por toda respuesta, Cati puso el coche en marcha, comprobó que no llegaba ningún loco en su sentido y entró de nuevo en la cinta de asfalto. Estaban en plena Diagonal, ya a punto de transformarse en la autopista A2, y no podía girar. Así que rodó paciente en busca del primer desvío a la derecha.

Seguía pensando en Neli.

—¿Adónde vas? –inquirió Toni.

—Lo normal sería ir primero a mi casa, pero luego tendríais que conducir hasta la vuestra, y no sé...

—No seas plasta. Estamos bien –replicó Cristo irritado. Se dirigió a Toni y le apremió–: Imponte, tío, que el coche es tuyo.

Toni no le contestó. La palabra «casa» le había recordado que el presente se evaporaba como una ilusión efímera. La noche se alejaba, y el día lo sumía en otra oscuridad. Tuvo miedo, y miedo de tener ese miedo. Se rebeló y luchó contra él.

—Métete en el Cinturón del Litoral –le dijo a Cati, y más que una petición fue una orden.

—¿Para qué?

—Para ir a la playa a ver salir el sol y tomar chocolate con churros.

—¡Oh, no! –gimió Cati.

—¡De coña! –gritó Cristo al mismo tiempo, y luego agregó–: ¡Eso es pensar, sí señor!

Levantó una mano, Toni le imitó, y las palmas de los dos chocaron en el aire.

—¡Sois unos cerdos! –siguió protestando Cati.

—¿Por qué?

—¡Porque sabéis que me encanta ver la salida del sol y me chifla el chocolate!

—¡Pues genial!, como diría alguien que yo sé –cantó Cristo eufórico.

Cati redujo la velocidad para tomar la curva que debía llevarlos a la Ronda de Dalt y, luego, bajando hacia el sur, a la Ronda del Litoral.

Madrid, seis horas y treinta minutos

El día amanecía gris y nuboso. Un amanecer espectral, cargado de lúgubres presagios. Desde la quinta planta del Gregorio Marañón tenía aspecto de sudario. Y más que nacer parecía caer sobre Madrid.

La mujer, de espaldas a la ventana, no apartaba los ojos de María, mientras sus manos acariciaban el cuerpo de la niña, yendo de la frente al brazo o a las mejillas.

Los médicos llaman «la hora de la crisis» a los momentos en que también el cuerpo pasa de la noche al día.

Muchos se quedan en el viaje.

Enfermos cuya resistencia toca a su fin, ven desvanecerse sus esperanzas y arrojan la toalla.

Un minuto más.

El hombre no podía dejar de pensar en los ojos de la chica de la fotografía. Los tenía clavados en su mente. Y veía el titular del pie que explicaba el sentido de la imagen. «No llegó el corazón».

Nunca había gritado nadie de forma más silenciosa, ahora se daba cuenta. Aquellos ojos...

Un minuto más.

Un minuto menos para el corazón de su hija.

50

Cantaban.

Cantaban a pleno pulmón, como habían hecho antes de dejar a Neli, y volvían a recordar a Springsteen. Los tres, aunque Toni seguía sin saberse ninguna letra. *Born in the U.S.A., Glory days, Better days.*

Especialmente *Better days.*

—¡Eh, puedes poner la cuarta! ¿Vale? Seguro que lo resiste.

—Tú déjame a mí y no te metas.

—Se nota que es coche de militar: ¡va por la derecha!

Hasta Toni rió el chiste de Cristo.

Un coche los adelantó a más de cien por hora, pese a que no se podía circular a más de ochenta.

—*Everybody's got a hungry heart...*

Siguieron cantando. *Hungry heart, Dancing in the dark, Light of day.*

Especialmente *Light of day.*

Faltaba poco para que el sol apareciese frente a ellos.

—Es la próxima salida –dijo Toni.

—¡Puedes poner segunda, no sea que te pases! –exclamó Cristo cogiendo a Cati de los hombros.

—¡Mira que eres ganso! –contestó Cati sin inmutarse.

I...

La presencia de un coche de la guardia urbana le hizo frenar en el semáforo, cuando ya se disponía a saltárselo tras comprobar que no había ningún vehículo en el cruce.

Bueno, ¿lo había comprobado realmente?

¡Al diablo! ¡Al diablo con todo! Estaba solo en la ciudad.

Quería pisar el acelerador a fondo, encabritar los caballos del BMW, librarse de aquella nube de vapor, soltar el lastre de su impotencia, olvidar el fracaso de la noche, el fracaso de su vida.

—Mierda –rezongó arrastrando las letras.

Golpeó el volante. El coche patrulla se alejaba en sentido contrario. Vio delante la desviación, el indicador de entrada al cinturón, a la Ronda del Litoral.

Podía dar la vuelta a Barcelona en veinte minutos.

—Vamos, vamos, ¡vamos!

¿Qué hacía un semáforo en rojo a una hora en que no había tráfico? «¡Malditos todos! ¡Gozan fastidiando al personal!»

El coche patrulla había desaparecido ya.

Puso la primera, aceleró, las ruedas chirriaron como en las películas; luego levantó bruscamente el pie del embrague. El BMW saltó hacia adelante. Esquivó un camión aparcado en la esquina y enfiló la entrada de la Ronda, por donde descendió ya a más de noventa por hora, aumentando la velocidad a cada metro.

Leonardo se sintió fuerte, poderoso.

—No tenías derecho a hacerme eso, Elena. Ningún derecho –masculló.

Pisó el acelerador hasta el fondo.

Madrid, seis horas y treinta y cinco minutos

Los ojos de los dos se encontraron por encima de la cama, separados por algo más que el cuerpo inmóvil de su hija. Ningún brillo, ningún rastro de nada que no fuera el dolor.

—¿Te das cuenta de que lo único que hacemos es esperar... la muerte de un ser humano?

La pregunta de Paulino flotó entre los dos. Luego se diluyó como una llovizna al empapar la tierra.

Mercedes tardó en responder.

—No conozco a esa persona, no sé quién es –dijo–. Sólo me importa mi hija.

Y los dos callaron, para abismarse otra vez en la figura de María.

51

Quizá era que el espíritu de Neli seguía con ellos.
Quizá era que se sabían jóvenes y fuertes.
Los exámenes acabarían, y llegaría el verano.
La mili pasaría, y él volvería libre.
La prueba saldría bien y, si no, habría otras.
El momento.
El...
Oyeron el chirrido de las ruedas como algo lejano, y la sensación instintiva de peligro turbó su paz.

Luego lo vieron los tres, pero fue Toni el que dijo:
—¿Qué hace ése...?

Continuaron viéndolo los tres, pero fue Cristo el que gritó:
—¡Cuidado!

Y finalmente los tres supieron que era verdad y que les estaba sucediendo a ellos, pero fue Cati la que musitó:
—Dios mío...

... y J

El morro del BMW apareció de repente en la Ronda, sin respetar el ceda el paso. El coche que circulaba en el mismo sentido logró esquivarlo y adelantarlo sin perder el control, pese a que la maniobra fue muy arriesgada.

Se oyó un chirrido de frenos.

Leonardo, en cambio, reaccionó tarde y mal. Giró bruscamente hacia la derecha y chocó contra el lateral. Allí rebotó y salió despedido hacia la izquierda.

Soltó el volante durante unos segundos.

El coche, sin dirección, cruzó la calzada, saltó el bordillo de separación arrancando de cuajo las plantas y penetró en la calzada del otro lado a la misma velocidad.

Leonardo se libró súbitamente de las brumas del alcohol.

Vio a Elena, vio a su hijo, se vio a sí mismo.

Luego desapareció todo, y vio el coche que llegaba de frente.

Cogió el volante, pero ya era tarde. Intentó desviarse para esquivar el otro vehículo, pero fue inútil. Hundió el pie en el freno, pero la máquina no respondió.

Lo último que vio en su vida fue el rostro pálido y asustado de la chica que conducía el coche con el que iba a chocar.

52

El impacto fue brutal.

Cati intentó evitar el golpe desviándose hacia la pared que había a su derecha. Pero el BMW embistió de frente el lado izquierdo de su vehículo, que tras rebotar en la pared dio media vuelta de campana, cayó sobre su techo y se deslizó unos metros antes de detenerse en mitad de la calzada.

Tras el choque, el BMW salió volando, cayó al suelo en sentido perpendicular a la calzada y giró sobre sí mismo como un trompo, una vez, dos, tres... Dos coches que lo vieron frenaron en seco, y un tercero detrás de ellos.

De pronto estalló y saltó por los aires convertido en una bola de fuego.

Del otro coche accidentado salió una figura, tambaleándose.

—¡Cati!... ¡Toni!...

Se miró las manos, los dedos de músico, el cuerpo, las piernas. Nada. Luego miró el coche del que acababa de salir. Dentro se movía alguien.

—¡Toni! –gritó otra vez.

Le sacó por la ventana, tirando de su cuerpo. Su amigo gritó dolorido.

—¡Mi brazo! ¡Oh... Dios, mi brazo!

A la altura del codo asomaba un hueso. Por alguna extraña razón, Toni pensó que el lunes no podría incorporarse al servicio militar.

—¿Y Cati? ¿Dónde está Cati?

Fueron al otro lado, Toni sujetándose el brazo y tragándose su dolor, Cristo bajo los efectos del choque emocional. E inmediatamente vieron que el lateral, abollado y doblado hacia adentro, aprisionaba a Cati.

Y vieron también una herida en su cuello, sangre brotando sin tregua, el cuerpo en una extraña postura, el rostro inmóvil y con expresión serena.

—¡Cati!

Un poco más lejos, en el BMW se podujo una segunda explosión, pero ellos ni siquiera la oyeron.

TERCERA PARTE

El alba

53

Las puertas traseras de la ambulancia se cerraron, poniendo fin a la visión del coche carbonizado, que todavía humeaba rodeado por quienes trataban de extraer de él los restos del conductor. Y cuando el vehículo arrancó haciendo oír su sirena, la irrealidad de los minutos anteriores dio paso a la lucha contra el tiempo, y la parálisis de las mentes agarrotadas por la tragedia se convirtió en ansiedad y agitación nerviosa.

No era una simple ambulancia, sino una unidad de cuidados intensivos equipada con los últimos adelantos. Lo oyeron comentar, pero no prestaron atención. Para ellos, incluso para Toni, con un brazo roto, lo único importante era Cati. Y a ella la estaban atendiendo ya el médico y el enfermero, que tras ponerle la mascarilla del oxígeno y el suero, le controlaban la tensión para conocer su estado real.

Se movían con precisión: sus manos llegaban sincronizadas a todas partes y sus ojos alcanzaban a todos los aparatos. Restañaban la sangre que seguía manando del cuello, aunque cada vez en menor cantidad. Cuidaban de que la veloz carrera del vehículo no zarandeara en exceso el maltrecho cuerpo, cuyas heridas internas era imposible calibrar. En aquel angosto espacio eran amos y señores de la vida y la muerte.

Pequeños dioses esclavos de sus limitaciones.

—Ha perdido mucha sangre.

—Ese corte le ha cercenado...

Silencio. Toni estaba en la cama auxiliar; Cristo, sentado junto a él. Los dos miraban el cuerpo de Cati, alucinados y sin poder hablar. Lo habían oído decir: en un accidente, los supervivientes quedan tan conmocionados que no pueden articular palabra.

Reaccionaron al ver la expresión del médico y del enfermero, su desaliento, y oír frases como «aplastamiento de la caja torácica», «traumatismo múltiple», «pulmón perforado por las costillas»... El manómetro del controlador de tensión apenas se movía.

—Se salvará... ¿verdad? –consiguió decir Cristo–. Ella no...

No hubo respuesta, sólo el sonido de la sirena rompiendo la calma del alba.

54

—¿Cómo se llama?

—Catalina.

—¿Sois...?

—Amigos. Sí, somos... sus amigos.

—¿Sabéis su teléfono?

Se miraron el uno al otro. ¿Por qué tenían la mente en blanco? El médico tomó su silencio por una negativa, o quizá actuaba siempre con rapidez guiándose por su instinto. Se volvió hacia ella y le abrió la cazadora tejana, despacio. La cartera asomaba apenas por el bolsillo interior del lado izquierdo. Lo abrió, sacó la cartera y se la entregó a Cristo.

—Llama a su casa en cuanto lleguemos al hospital, antes de que te examinemos para ver si tienes algo, ¿de acuerdo? Será mejor que lo hagas tú.

—¿Qué... quiere decir?

La voz del enfermero cortó el diálogo.

—¡Se nos va! –exclamó.

Un séptimo pasajero penetró en la ambulancia. Ninguno lo vio. Ninguno lo oyó. Pero estaba allí. El conductor rasgaba las brumas del amanecer con su vuelo suicida. Los dos hombres de blanco luchaban para que no se extinguieran aquellos latidos de esperanza. Cristo y Toni no se movían, pero empezaban a sentir en sus huesos la presencia del extraño pasajero. Cati llegaba al límite de los sueños en un mundo sin ellos.

El séptimo pasajero extendió una mano por encima de sus cabezas.

Y todos sintieron su frío.

El médico volvió la cabeza, miró a Cristo, bajó los ojos hasta el carné que sostenía entre las manos, y exclamó:

—¡Esta chica es donante de órganos!

Madrid, siete horas y quince minutos

La puerta se abrió de golpe. Los dos miraron hacia ella, sobresaltados. Mucho más que la imagen conocida del médico, vieron su sonrisa.

Su canto de esperanza.

—¡Hay un donante! –les dijo sin esperar–. ¡Y es compatible con su hija! ¡Por fin!

—Doctor..., ¿está seguro?

Fue él quien se levantó de un salto, pero el doctor le hablaba a su esposa, que se hallaba al otro lado de la cama en que María acababa de abrir los ojos.

—¡Estará aquí antes de dos horas! ¡Lo trae un helicóptero desde Barcelona! ¡Vamos a prepararlo todo!

En el rostro de la mujer no se movió ni un solo músculo, sólo los párpados, que se cerraron despacio, poniendo el telón final a su drama.

Luego murmuró con un suspiro de alivio:

—Gracias... gracias, Dios mío.

Vallirana, 1993

Mi gratitud a Jaume Comas, por sus consejos y lecciones de medicina, y a Georgina Fernández-Quero y Pepa de Lara, por sus informaciones.

Y todo mi amor a la protagonista real de la noticia del capítulo «Madrid, cuatro horas», con el mejor de mis recuerdos y la emoción que sus ojos y su mirada me causaron y que nunca olvidaré.

Para ti, Francisca Miranda Durán.

Y para cuantos han esperado, esperan y esperarán.

JORDI
SIERRA I FABRA

AUTOBIOGRAFÍA (INMORAL)
DE JORDI SIERRA I FABRA

Nací en el planeta Tierra un 26 de julio de 1947.

No es una broma, es la realidad. Cada vez más, cuanto más viajo, cuanto más amo este maltrecho mundo lleno de tanta belleza como de incomprensión humana, más me siento ciudadano universal, no solo de un pedazo de él.

De niño era tartamudo, mucho. A los ocho años atravesé una puerta de cristal y me dejé en el camino casi un brazo, casi una nariz, y muchas cicatrices corporales. En el hospital, vendado, sin poder leer, empecé a escribir y descubrí que, escribiendo, no tartamudeaba. Fue una revelación y decidí ser escritor. Ahí empezó el calvario. Mi padre no me dejaba hacerlo, me lo prohibía, lloraba si me veía escribiendo. Y para postre, en la escuela, además de maltratado por mi tartamudez, me ponían ceros en lengua y literatura por culpa de mi desbordante fantasía. Resistí, escribí una novela de 500 páginas con 12 años y, cuando la terminé, yo tenía muy claro que sería escritor, y tanto me daba ser rico o pobre, famoso o no. Escribir es algo más que eso.

De los 16 a los 22 años trabajé de día y estudié de noche por obligación paterna. Mientras, los Beatles me cambiaron la vida. La música se apoderó de mí y como escribía bien y sabía todo de mis ídolos, empecé a colaborar en revistas. Con un grupo de amigos fundamos *El Gran Musical*. Luego, el semanario *Disco Expres* me hizo director y gracias a eso dejé el trabajo que me esclavizaba y los estudios que aborrecía. Comencé a viajar por el mundo con los grandes del rock, mis amigos. En tres años tenía cinco revistas (fundé también *Popular 1*, *Top Magazine*, *Extra*...) y además un programa de radio una vez superada la tartamudez. Mi primer libro editado fue *Historia de la música pop*, en 1972, primer libro sobre el fenómeno musical hecho en España. Eso me hizo ganar un puesto en el Olimpo de los rockeros patrios, pero también en Latinoamérica. En cuanto pude, volví a la nove-

la y gané un par de premios importantes, el Villa de Bilbao en 1975 y el Ateneo de Sevilla en 1979. La última revista que ayudé a fundar fue *Súper Pop*, para fans, en 1977. Tras ello abandoné la música para seguir mi única vocación: escribir. Dejé de ir a Londres, Nueva York o Los Angeles para viajar por África, Asia, América Latina...

Nunca quise batir récords, solo escribir, pero soy consciente de haberme convertido en un raro fenómeno. He superado los 300 libros escritos de todos los géneros, he sido traducido a 25 idiomas, he vendido en España 7 millones de libros y he ganado dos docenas de premios literarios. Según el Ministerio de Cultura, soy el octavo autor más leído en institutos de España, por detrás de Bécquer, Lorca, Galdós o Baroja (todos clásicos muertos). No está mal para aquel niño tartamudo al que su padre no dejaba escribir porque decía que eso no daba para comer y me moriría de hambre. Y cuando cito estas cifras lo hago con cierto orgullo de Leo herido, pero sin pedantería. En el fondo solo soy un novelista que trata de hacer lo que le gusta. Mi código ético está basado en cinco palabras: paz, amor, respeto, honradez y esperanza.

En 1980 tenía un libro en un cajón y lo mandé a un "premio juvenil". Nunca he creído en las etiquetas. Resultó que lo gané. El premio era el Gran Angular, y el libro, *El cazador*. Llegué a Ediciones SM y me abrieron las puertas no solo de la casa, sino de un mundo fascinante en el que me sumergí de lleno. Todos mis sueños, fantasías, quimeras, locuras... podía escribirlas finalmente sin ninguna contención. Descubrí otros

placeres, como ir a las escuelas para dar charlas y coloquios con mis lectores. Llegué a dar 250 al año. Y luego está mi querida Latinoamérica, país a país, hermano a hermano.

No hay palabras para explicar lo que siento al escribir. Tampoco las hay para explicar lo que siento al viajar, estremecerme por la soledad en el Tíbet o reír contando cuentos a los habitantes de Samoa en la Polinesia, perderme por Java o Sumatra o llorar ante las pirámides, recorrer desiertos o navegar por el Amazonas. Era mi sueño infantil, y yo creo que hay que luchar por los sueños. Mi lema es "Todo es posible (si tú lo quieres)".

Algunas de mis obras se han llevado al teatro, se han convertido en películas, pero esas son historias ajenas a la literatura. Cuando el IBBY quiso publicar

hace poco un libro e invitó a diez autores de todo el mundo, fui uno de ellos. Esa sí es una recompensa, lo mismo que el calor de quienes te leen o los miles de chicos y chicas que aseguran haber cambiado sus vidas con esas obras. En el 27º Congreso Mundial del IBBY pronuncié una conferencia sobre el compromiso, que es uno de mis lemas fundamentales. Estoy comprometido con mi tiempo, con la vida, con lo que veo y lo que siento; por eso la mayoría de mis obras llamadas "juveniles" suelen ser duras. Creo que leer es básico, y lo defiendo. Creo que en un libro está todo, que es la llave de una vida mejor, que quien no lee está condenado al vacío y la mediocridad. En el año 2000 también fui el primer escritor español en colgar un libro en la red, gratuito, y más de un millón y medio de personas de todo el mundo entraron en esa página web.

Mi último proyecto, madurado durante muchos años, ha sido crear la Fundación Jordi Sierra i Fabra de ayu-

da a jóvenes escritores y convocar un premio litera-
rio para menores de 18 años. Es una forma de tran-
quilizarme y tratar de que a ningún chico o chica le
pase lo que a mí, que no me dejaban escribir. Sé lo
que es la soledad en la adolescencia, lo dura y amar-
ga que puede llegar a ser. En Medellín, Colombia, también he impulsado la Fundación Taller de Letras Jordi Sierra i Fabra para Latinoamérica, intentando
devolver un poco de lo que al otro lado del Atlántico
me han dado a mí.

Si queréis más, visitad mi página web, vuestra casa:
www.sierraifabra.com

Entrevista a

Solidaridad, Bruce y compañía

Por Begoña Oro Pradera

Camino hacia casa de Jordi. Deben de estar pintando porque la casa está cubierta por un andamio, así que no puedo ver la fachada. Lástima. Espero que no sea una premonición.

Después de una calurosa acogida y un paseo guiado por su piso, charlamos sobre algunos de sus libros. Resulta difícil centrar la conversación en un solo título. Jordi habla mucho y muy rápido, y las referencias a su vida se entrecruzan con las andanzas de sus personajes. Sin embargo, cuando quiere contar algo, ordena el discurso con rigor de maestro y no deja que le interrumpa.

Jordi Sierra i Fabra

El despacho de Jordi está lleno de discos, de fotos en las que aparece rodeado de grandes músicos, de entradas de conciertos. Todas ellas recuerdan su pasado vinculado al mundo de la música. De hecho, es uno de los mayores expertos en historia del rock de nuestro país, con numerosas publicaciones sobre el tema a sus espaldas, imprescindibles para cualquier amante de la música. En muchos de sus libros, la música aparece con mayor o menor protagonismo. Es el caso de *Malas tierras*.

MALAS TIERRAS. Es el título de una canción de Bruce Springsteen...

Hay varios títulos de libros míos que son títulos de canciones, como *Campos de fresas*. La verdad es que suele ser porque no encuentro otro mejor. Tengo un archivo con cientos de títulos. Son títulos pensados para novelas que aún no he escrito. Pero cuando no se me ocurre un buen título, recurro a nombres de canciones.

Al principio de la novela, se habla mucho de música: el concierto, la actuación improvisada de Cristo... Al principio de tu vida, también la música fue protagonista, aunque al final optaste por la escritura.

Yo siempre quise ser escritor. Un día conocí a un señor que me dijo: "Si quieres ser escritor, necesitas tener dinero, padrinos o un nombre". Decidí entonces hacerme un nombre. ¿Cómo? Escribiendo de lo que más sabía: música.

Sin que me lo pidieran, enviaba cada semana una carta de veinte folios a Radio Madrid, una carta sobre música. Decía: "tal disco será número uno". Y acertaba. Vieron que tenía buen olfato. Tras dos años de cartas, me llamaron y me hicieron delegado de *El Gran Musical* en Barcelona. Creamos la revista *El Gran Musical*. Mientras escribía artículos para la revista, seguía trabajando. ¿Cómo hacía artículos trabajando ocho horas al día? Era un milagro. Hacía llamadas cuando se iba el jefe. O decía: "voy a la gestoría", y me iba a un hotel donde había un cantante y le hacía una entrevista... Cuando el jefe se iba, yo pasaba a máquina lo que tenía. Ideé un montón de sistemas para hacer el trabajo más rápido y poder hacer las dos cosas.

Al cabo de un año nació la revista *Disco Exprés*, fundada por Joaquín Luqui. Me llamaron y me hicieron director. En ese momento tenía 22 años y ya era jefe de los "chicos musicales de la radio", en Radio Barcelona, donde

trabajábamos gratis. Hacíamos entrevistas a los músicos y presentábamos sus discos; allí conocí a Antonia, mi mujer. También me empleé de madrugada llevando discos de un lado para otro, en la radio. Hacía cuatro cosas a la vez.

Al hacerme director de *Disco Exprés*, les pedí un sueldo de 15.000 pesetas. ¿Sabes por qué? Porque mi padre ganaba 13.000. Era la única fórmula que tenía para convencerle. Le dije: "Espero que no te dé un infarto". (Mi padre siempre me amenazaba con que le iba a dar un infarto.) "Dejo de trabajar, dejo de estudiar. No me va. No puedo con ello. Pero me voy a trabajar de director de un periódico y voy a ganar más que tú."

Jordi reproduce diálogos constantemente.

La música me sirvió para darme a conocer. Llegué a ser el crítico musical número uno en prensa escrita. Así pude publicar mi primer libro. Solté la fama y elegí lo que me gustaba: la literatura. Una vida debe tener etapas. Tienes que ir creciendo, evolucionando, adaptándote a los nuevos tiempos. La gente me dice: "Tú vives de los recuerdos. Estás rodeado de tus fotos antiguas con músicos". No, yo el despacho me lo puse así y me gusta. No tengo fotos con escritores porque no me las he hecho nunca: ni con García Márquez ni con Saramago, con quien he estado ahora en Guadalajara (México). Me las hacía cuando era jovencito, con los rockeros, y muchas fotos se han perdido: fotos con Bruce, con los Who, con Pink Floyd...

Presumes de tener por amigos a más músicos que escritores. ¿Qué tienen los músicos que no tengan los escritores?

En general, son más solidarios. Si se lo pides, enseguida graban un disco benéfico. En literatura, es diferente.

Jordi habla con familiaridad de los músicos. Dice "Bruce", no "Bruce Springsteen". Evoca, dice que sin nostalgia, una época de limusinas, conciertos y abrazos de estrellas. Pero para una persona como Jordi, que defiende una idea romántica y completamente apasionada del escritor, ¿qué significa ser músico? Como dice Cristo en la novela, "¿acaso la música tenía algo que ver con el éxito, con los números uno, los discos de platino, la fama, el delirio de la grandeza?".

Estoy harto de ir a colegios y que se me acerque un grupo de chicos que tiene un grupo de rock y...

De nuevo, inventa un diálogo que escenifica:

—Jordi, tú que sabes de este mundo, queremos grabar un disco.

—¿Qué edad tienes?

—Dieciséis. El guitarra tiene quince...

—¿Cuánto tiempo lleváis juntos?

—Cuatro meses.

—Vale. ¿Habéis tocado mucho en directo?

–No.

–¿Y cómo queréis grabar un disco sin tocar en directo?

–Pero es que no hay actuaciones.

–Buscáoslas.

–¿Pero cómo?

–Id por ahí, tocad donde sea.

–¿Pero te pagan?

–No, hay que tocar gratis.

–Joder, macho.

–¿Cómo que "joder, macho"? Primero siembra, luego recoge, y si te has de ir a un pueblo a tocar y pagar el viaje, lo haces. Si no hacéis directos, no seréis músicos. Grabar un disco no es ser un músico. ¿Para qué queréis grabar un disco?

–Pues para ser número uno y ganar pasta y ligar.

Eso no es ser un músico.

En el libro, asistimos a varios conflictos entre padres e hijos; aparecen distintos modelos de padres. Ya has comentado tus diferencias con tu padre, pero tú, como padre de dos hijos, ¿les has concedido libertad?

Yo siempre les he dicho: "sed felices". Por supuesto que habré cometido errores como padre. Pero, por ejemplo, mi hija, con quince años, me dijo: "Esta noche quiero ir a dormir a casa de mi amiga. ¿Puedo?". Traducción: "Esta noche vas de juerga, estarás toda la noche por ahí y luego irás a casa de tu amiga". Yo le dije que creía que todavía no debía hacerlo. Pero que si ella estaba segura de querer hacerlo, que lo hiciera.

¿Y lo hizo?

No. Se fue a su cuarto y me dijo: "Me quedo". Le pasé a ella el marrón. En vez de imponerle algo o de decirle: "Sí, sí, vete". No, sencillamente le pregunté si ella se sentía madura para hacerlo.

Hablemos de compromiso: MALAS TIERRAS está dedicado, al final, a Francisca Miranda Durán.

Jordi se levanta, abre un cajón y saca un recorte de periódico. Una foto muestra a una chica sentada al borde de una cama de hospital. La chica, Francisca Miranda, está esperando un corazón. "El corazón no llegó", reza el pie de la foto.

Es guapísima, ¿verdad? Se ha hablado mucho de la importancia de la mirada en *Soldados de Salamina*.

Javier Cercas, el autor de la famosa novela llevada al cine por David Trueba, dijo que "toda la novela [Soldados de Salamina] es la historia de una mirada".

A mí me sucedió con la mirada de esta chica. Esa foto estaba hecha para mí. Para que yo la viera. Esos ojos me estaban hablando. Me estaban pidiendo que contara su historia.

Sacas muchas ideas para tus novelas de los periódicos.

Sí. De un periódico, te puedo sacar tres ideas. Al año son mil ideas.

Jordi me enseña más recortes, más fotos, otras tantas miradas "hechas para él", para que escriba sus historias.

¿Compras un periódico al día?

→ → →

Hoy, por ejemplo, es un día normal. Entonces compro un periódico. Si sucede algo especial, compro uno de cada tendencia para comparar opiniones. Procuro conocer las dos caras. Recordarás la historia de la famosa foto del prisionero vietnamita al que disparan un tiro.

La fotografía en cuestión fue todo un símbolo para los pacifistas que rechazaban la guerra de Vietnam.

Hoy se sabe que el asesinado había matado antes a toda la familia del asesino. Eso no justifica la acción del asesino. Pero te da otros matices.

Hay muchos libros donde adoptas una postura comprometida. No son novelas periodísticas porque les falta toda objetividad y eso es algo de lo que presumes, de enarbolar una postura. Para documentarte, para poder asumir esa postura de forma tan vehemente, sin miedo a equivocarte, a perderte matices, ¿de dónde sacas la información?

→ → →

Viajando al lugar. Hablando con la gente. Leyendo, viendo documentales... Los grabo. Así luego los veo sin anuncios. Los adelanto. Lo más duro es ir a los sitios (Asia, África y muchos países de América Latina) y ver a la gente. Ahora voy a publicar *Material sensible*, dieciocho historias cortas de niños puteados. He estado en todos esos lugares del mundo, menos en tres, viendo a esos niños.

Jordi resume algunas de esas historias. Son hermosas, pero también escalofriantes.

Tengo esa vena solidaria, de compromiso con lo que veo. Yo me doy cuenta de que tengo un poder y es que llego a mucha gente. No lo uso, pero sí transmito.

Cuando publiqué *Malas tierras*, España ocupaba el segundo puesto de Europa en número de donaciones. Actualmente, ha llegado a ser el país número uno del mundo. No digo que sea por mi libro, pero ha podido aportar su grano de arena. Sé que en muchas escuelas los chicos y chicas de un aula se han hecho donantes de órganos después de leer mi libro.

→ Políticamente te "mojas" cada vez más. Has escrito libros contra la dictadura (LA MEMORIA DE LOS SERES PERDIDOS, VÍCTOR JARA...), contra la guerra (LA GUERRA DE MI HERMANO)... Toni es un pacifista que lo pasa mal por tener que hacer la mili. Tus personajes opinan... Recuerdo un fragmento de FUERA DE JUEGO donde un personaje critica determinada corriente política.

Yo soy apolítico, nunca me he apuntado a nada. No, esto lo dice un personaje. No son mis ideas.

Le miro con cara de escepticismo.

Bueno, sí, son mías. Pero... Me han ofrecido ingresar en organizaciones de todo tipo: políticas, religiosas... Pero no. Yo soy socio de Greenpeace y de Amnistía Internacional. Pago mi cuota, pero no quiero que usen mi nombre, mi imagen. Mi dinero lo gasto en cosas que creo justas. La Fundación lo prueba.

Jordi ha creado la Fundació Jordi Sierra i Fabra y la Fundación Taller de Letras Jordi Sierra i Fabra para Latinoamérica, destinadas a apoyar a los jóvenes escritores.

Yo quiero ser libre en mis libros para meterme con quien sea. Pero me doy cuenta de que a veces estallo. Así, *La guerra de mi hermano* me salió un libro completamente antifascista...

Sin embargo, planteas un equilibrio imposible. Eres miembro de ONGs pero no quieres que usen tu nombre. Te declaras progresista pero dices ser apolítico.

Voto. He de votar. Pero voto al menos malo. Es triste.

Pero compromiso es estar dispuesto a jugártela...

...y hablar de lo que veo...

...¡poniendo tu nombre!

Sí, claro, y he firmado manifiestos antiamericanos y procubanos. No a favor de Fidel Castro, sino contra Estados Unidos y el bloqueo, que es muy diferente. Soy cubanista.

A petición mía, Jordi me enseña su cartera. Quiero ver qué carnés tiene: el DNI, el carné de periodista, un bono de cine (Jordi va al cine cada noche, se alimenta de películas), el del médico, una tarjeta de crédito, el del seguro del coche... Y es donante, claro. Es verdad. No tiene carnés políticos.

Últimamente me he mojado más. Antes no hubiera firmado un manifiesto antiamericano, ni hubiera hecho un libro como *La guerra de mi hermano*, tan declaradamente antibelicista. Pero yo estuve en la calle diciendo "no a la guerra".

→ **Hay distintas formas de pronunciarse, de "lucir" el compromiso. ¿Tú llevas distintivos? ¿Chapas, pañuelos...?**

No, solo llevo una chapa con mi guitarra de rockero.

→ **Abogas por el compromiso, pero ¿cómo puede ir el compromiso por dentro?**

Yo soy Leo, pero tengo ascendente Géminis y eso indica una dualidad. Estar en dos lados a la vez. Por ejemplo, Sting fue al Amazonas, se pintó de verde y se puso un taparrabos. Al cabo de quince días, vino a Barcelona y me preguntó qué hacía yo por esa gente. Yo no voy a ponerme un taparrabos. Yo escribí *Kaopi* [una novela sobre la extinción de las tribus amazónicas]. *Las alas del sol, Víctor Jara, La memoria de los seres perdidos...* son libros míos que dan a conocer injusticias.

Mi contribución es escribir libros. Ese es mi compromiso. Para mí, el compromiso ha sido denunciar lo que yo veo y lo que yo siento, pero siendo libre, de forma que un personaje pueda hablar desde cualquier postura sin que parezca que yo tomo partido. Los personajes deben ser libres para decir lo que quieran.

Y eso tiene consecuencias: tengo un libro prohibido en Cuba, por ejemplo, y *Víctor Jara* y *Campos de fresas* están censurados en Chile. Nunca dejo indiferentes a los lectores.

También hablas de sexo en tus libros. ¿Allí también notas la censura?

En *Al otro lado del espejo* hablo del lesbianismo. Aparece una escena donde un chico y una chica hacen el amor, pero no se cuenta con pelos y señales. Creo que no hace falta. Pero ese libro tuvo que ganar un premio para ser publicado. He escrito otro libro sobre el sida y nadie lo ha publicado. Les parece un tema muy escabroso.

Pero cuando se ha publicado *Al otro lado del espejo*, se ha dicho que era un libro necesario, que ya era hora, que hacía falta. Hay muchos suicidios de adolescentes porque les cuesta asumir su homosexualidad. Uno no descubre que es homosexual a los 30 años. No, lo descubre a los 15. Es un libro de utilidad pública, pero cuando lo escribí nadie lo quería publicar. Para mí, ese es el compromiso, no si soy de derechas o soy de izquierdas. La gente ya me ve, ya sabe cómo soy, cómo visto... Cuando me dicen dónde nací, digo "en la Tierra". Ya hasta niego mi origen. No quiero que se me etiquete como "catalán" o "español", con todos los prejuicios que hay detrás. Soy terráqueo, ciudadano del mundo.

El escritor Günter Grass decía que se le había atravesado Alemania en su obra. Yo amo escribir, pero a mí se me ha atravesado el mundo.

→ A lo largo de MALAS TIERRAS la muerte acecha. Hay constantes presagios de la tragedia.

Alguien tiene que morir para que María de los Ángeles siga viviendo. Cuando la madre de una chica que va a recibir una donación dice: "Gracias, Dios mío", en algún lugar hay otra madre maldiciendo a Dios porque su hija ha muerto.

Recuerdo que la propia Cati dice: "Lo malo de hoy es provechoso mañana". También Neli filosofa al respecto: "La fatalidad de unos es la alegría de otros".

Desde el principio es obvio que alguien va a morir. La cuestión es quién. Mucha gente me pregunta que por qué no "maté" a Neli. Pero no podía ser Neli. Tenía que ser Cati. ¿Sabes dónde está la clave?, ¿dónde se puede predecir que será ella la donante? En la escena del perro. Es Cati quien salta del coche para estar junto al perro cuando muere. Ese episodio es real. Me ocurrió a mí. Vi como atropellaban a un perro. Y ahí lloré. Lloré como no lo había hecho otras veces, ante otras desgracias.

→ El libro acaba donde empieza la nueva vida de María Ángeles.

Luego me quedé con ganas de más y escribí *Donde esté mi corazón*. Es la historia de una chica que lleva el corazón de otra. En su vida hay un antes y un después del trasplante.

Le propongo a Jordi hacer un cuestionario rápido. Él vuelve a apelar a su ascendente Géminis y su dualidad y me advierte de lo difícil que le resulta dar una respuesta única. Así, su color favorito resulta ser el rojo, por la pasión, pero también el verde, por la esperanza, por Leo. Su animal favorito es el tigre, pero también el elefante, la ballena, el águila real y el perro. Su número favorito, el siete, y el nueve, y el cinco, y el tres... Esa misma dualidad se manifiesta al responder a otra pregunta:

- **¿Cómo te gustaría morir?**
    → → →

Por un lado, me gustaría no enterarme. Como mi abuela, que volvió de un baile, se acostó y no se volvió a levantar. Pero, por otro lado, mi compromiso con la vida me dice que también tendría que vivir la muerte. He estado a punto de morir varias veces: en dos ocasiones, a bordo de un avión (una yendo de Lhasa, en el Tíbet, a Chengdu, en China, y otra en Johanesburgo, Sudáfrica), en un terremoto en Arequipa, Perú, en un atentado terrorista en Sri Lanka; en otra ocasión, en 1974, aplastado por cien fans que me confundieron con un guaperas americano. Otra vez, unos paramilitares me detuvieron y me pusieron una pistola en la sien.

Yo amo la vida. Es todo lo que tengo. Nacemos con un cheque en blanco, que es el tiempo que vamos a vivir.

Y tú quieres vivir muchos años.
    → → →
Sí, y vivir bien. Tenemos un cheque en blanco y luego

ME VA A FALTAR TIEMPO

Mierda,
Sé que me va a faltar tiempo
Algo se quedará dentro
Prisionero
Capturado por lo inevitable
Al llegar la maldita hora
(...)
Daría mi alma por la eternidad
Y la eternidad por mi última línea
Palabras de cierre
Telón y adiós
Sin embargo lo sé
Sé que me va a faltar tiempo
Mierda

JORDI SIERRA I FABRA

esta carcasa, que es nuestro cuerpo, que hay que cuidar. Esa gente que toma drogas... Es nuestra casa. Si la maltratas, te va a doler.

Yo la carcasa la cuido. Cuido mi casa. Y el tiempo no depende de ti. Vivo a tope, porque tengo la esperanza de hacer algo en esta vida. La esperanza es lo que me mantiene con vida.

¿Crees que habrá algo después de la muerte?

No lo sé. Ojalá. ¿Dónde hay que firmar? La Tierra es como una cagada de mosca y nosotros somos los parásitos, un accidente. Por eso me aferro a esta vida con uñas y dientes. Porque no sé lo que va a pasar, no creo que pueda haber nada después.

La última pregunta del cuestionario nos devuelve al presente.

¿Cuál es tu estado actual?

Esta vez se repliega el ascendente. La respuesta es única.

Efervescente. Siempre. Si estoy mal, no lo cuento. No me gusta contar mis problemas. No me gusta la gente que va con mala cara por la vida. Yo tengo cara de felicidad todo el día. A veces hasta me lo han reprochado. Recuerdo que una vez entré en la redacción de una revista a la que solía ir y el director me pidió que no viniera tan contento.

Una vez más, improvisa las palabras de su personaje; en este caso, el director de la revista:

"Aquí el personal está puteado y tú les recuerdas que pueden ser felices."

Antes de despedirnos, le pido a Jordi que firme y escriba unas líneas. Más tarde, solicito a una experta en grafología que analice su firma y su letra, sin explicarle de quién se trata. Nada más ver la firma me pregunta: "Esta persona... ¿habla mucho?". A mí me da la risa. Este es su diagnóstico.

"La inclinación exagerada de la firma revela tendencia a la hiperactividad, impaciencia y rapidez de pensamiento. La parte principal de la firma está en la parte de la derecha, la parte de la acción, la proyección, el futuro. Apenas hay firma en la parte izquierda, que representa el pasado y la reflexión. Parece como si hubiera cortado con el pasado. La letra aguda, terminada en picos y puntas, opuesta a la letra redondeada, denota que es una persona creativa. Esa misma creatividad se percibe en la manera de partir las palabras. Las letras abiertas revelan capacidad de improvisación, de generar soluciones nuevas."

EL TIEMPO NO DEPENDE DE UNO MISMO. ME CUIDO Y VIVO A TOPE, PORQUE TENGO LA ESPERANZA DE HACER ALGO EN ESTA VIDA. LA ESPERANZA ES LO QUE ME MANTIENE CON VIDA.

JORDI
SIERRA I FABRA

COMPAÑEROS DE VIAJE
DE **MALAS TIERRAS**

ALGUNOS DISCOS, PELÍCULAS, POEMAS O CUADROS PUEDEN
ACOMPAÑAR A ESTE LIBRO EN SU LARGO VIAJE.

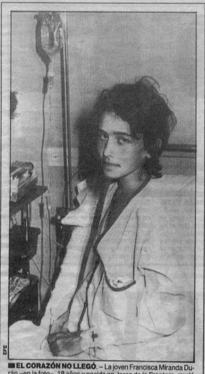

24 EL PERIÓDICO
Viernes, 28 de febrero de 1986

Sanidad

■ **EL CORAZÓN NO LLEGÓ.** – La joven Francisca Miranda Durán –en la foto–, 18 años y nacida en Jerez de la Frontera, murió en la madrugada del pasado miércoles en la clínica Puerta de Hierro de Madrid, sin que llegara a trasplantársele un nuevo corazón, única esperanza de vida que tenía, según los médicos. La joven murió de un paro cardíaco, a consecuencia de la miocardiopatía dilatada que sufría. Por otra parte, Francisco Gil y Ramón Herreros, evolucionan favorablemente del trasplante de corazón al que fueron sometidos esta semana en el hospital de Sant Pau de Barcelona.

La fotografía es la de Francisca Miranda Durán, que como he dicho antes, al contar cómo y por qué hice este libro, descubrí aquel viernes 28 de febrero de 1986.

MÚSICA

El título de la novela está sacado de la letra de *Badlands*, de Bruce Springsteen. Además, los protagonistas asisten a un concierto de Bruce en Barcelona. Fue la música que me acompañó mientras lo escribía.

UN LIBRO

El lector de *Malas tierras* rápidamente comprende que, para que la chica de Madrid sobreviva, uno de los cuatro que salen a pasarlo bien en Barcelona ha de morir. Por lo tanto, el libro recuerda a *Crónica de una muerte anunciada*, de Gabriel García Márquez. Y un poco también remite a otro libro mío, *Noche de viernes*, porque el suceso se desarrolla igualmente en una noche de viernes.

UNA PELÍCULA

Sin duda hay una joya del cine que refleja el mismo espíritu, aunque salvando las distancias, porque la acción de la película tiene lugar en Estados Unidos, en los tiempos del rock and roll: *American Graffiti* (George Lucas antes de sus guerras de las galaxias). Curiosamente, hay muchas películas cuya acción se desarrolla también en una noche: *Jo, qué noche, Sucedió una noche, La noche de la iguana, Into the night* (con una jovencísima Michelle Pfeiffer en 1985), etc.

UN CUADRO:
El grito, de Edvard Munch

Refleja perfectamente la desesperación y la angustia, y es una buena oportunidad para conocer el cuadro de Munch.